JN428384

냉정과 열정 사이

Blu

冷静と情熱のあいだ　Blu
by Hitonari Tsuji

Copyright ⓒ1999 by Hitonari Tsuji
First Published in Japan in 1999 under the title
"REISEI TO JOUNETSU NO AIDA-BLU" by Kadokawa Shoten Publishing Co., Ltd.
Korea translation right arranged with Hitonari Tsuji through
Japan Foreign-Rights Centre & Eric Yang Agency.

Korean translation copyright ⓒ 2000 by Sodam&Taeil Publishing Co., Ltd.

이 책의 한국어판 저작권은 Japan Foreign-Rights Centre사와 에릭양 에이전시를 통한
독점계약으로 (주)태일소담에 있습니다.
저작권법에 의해 한국 내에서 보호를 받는 저작물이므로 무단 전재와 무단 복제를 금합니다.

냉정과 열정 사이

冷静と情熱のあいだ

Blu

츠지 히토나리 지음
양억관 옮김

소담출판사

냉정과 열정 사이 Blu

펴 낸 날 | 2000년 11월 20일 초판 1쇄
2021년 6월 15일 개정판 6쇄

지 은 이 | 츠지 히토나리
옮 긴 이 | 양억관
펴 낸 이 | 이태권
책임편집 | 박송이
책임미술 | 양보은
펴 낸 곳 | 소담출판사
서울특별시 성북구 성북로5길 12 소담빌딩 301호 (우)02880
전화 | 02-745-8566 팩스 | 02-747-3238
등록번호 | 1979년 11월 14일 제2-42호
e-mail | sodambooks@naver.com
홈페이지 | www.dreamsodam.co.kr

ISBN 978-89-7381-788-7 04830
978-89-7381-119-9 (세트)

이 도서의 국립중앙도서관 출판시도서목록(CIP)은 서지정보유통지원시스템 홈페이지(http://seoji.nl.go.kr)와 국가자료공동목록시스템(http://www.nl.go.kr/kolisnet)에서 이용하실 수 있습니다.(CIP제어번호: CIP2015029652)

• 책값은 뒤표지에 있습니다.
• 잘못된 책은 구입하신 곳에서 교환해드립니다.

사람이란 살아온 날들의 모든 것을 기억할 수는 없지만,
소중한 것은 절대로 잊지 않는다고, 난 믿고 있다.
아오이가 그날 밤의 일을 완전히 잊었다고는 생각지 않는다.
다시는 그녀를 만날 수 없을지 모른다 해도…….

| Rosso |

1. 인형의 발
   Piedi Della Bambora
2. 5월
   Maggio
3. 조용한 생활
   Una Vita Tranquilla
4. 조용한 생활 2
   Una Vita Tranquilla/Parte Due
5. 도쿄
   Tokyo
6. 가을바람
   Il Vento Autunnale
7. 회색 그림자
   L'ombra Grigia
8. 일상
   La Vita Quotidiana
9. 편지
   La Lettera
10. 욕조
    La Vasca De Bagno
11. 있을 곳
    C'eposto
12. 이야기
    La Storia
13. 햇살
    Il Raggio Del Sole

| 차례 |

1

Piedi Della Bambora

인형의 발

이 거리에는 늘 햇살이 비치고 있다.

여기 온 이후로 하루라도 맑은 하늘을 보지 못한 날이 없다. 푸른 하늘은 끝도 없이 높고, 엷은 물감을 뿌려놓은 그림처럼 시원스럽게 뚫려 있다. 안개 같은 구름은 마치 그리다 만 화선지의 여백처럼 그 하늘 위를 은밀히 떠다니며 즐겁게 바람과 빛과 어울려 노닌다.

이렇게 두오모 곁에 선 채 대성당의 벽면을 따라 쏟아져 내리는 빛의 원천을 올려다보며, 중세 사람들의 고양된 의식을 상상하는 것이 나의 일과가 되고 말았다.

두오모는 피렌체의 거리 한복판에 우뚝 솟아 있어 어느 방향에서나 쉽게 눈에 띈다. 천재 건축가 브루넬레스키가 세운 둥근 지붕 '쿠폴라'는 스커트를 부풀린 중세의 귀부인을 보는 것 같아 마음이 푸근하다. 도시의 중심지를 찾는 데 이보다 더 좋은 이정표도 없을 것이다.

하양, 초록, 분홍 대리석으로 장식된 대성당, 꽃의 성모 성당은 위엄과 우아함이 넘쳐흐르고, 올려다보는 사람을 압도해버린다.

일을 끝내고 스승의 아틀리에를 나와 퐁테 베키오(피렌체에서 가장 오래된 다리 — 옮긴이) 앞에서 저녁노을에 물들어가는 두오모의 쿠폴라를 바라보면, 왜일까, 마음이 푸근해진다. 그렇게 기분 좋은 저녁 시간에는 두오모까지 성큼성큼 걸어가고 싶은 욕망이 일어난다.

또한, 이렇게 두오모를 올려다보면 좀 꺼림칙한 기분을 느끼는 이유도 잘 알고 있다. 그것은 내가 이 거리에 살면서도 아직 두오모에 오르지 않은 이유와도 통한다. 사소한 도박이라고나 할까, 아마도 나 홀로 기억하고 있을 어떤 약속에서 유래하는 것이다.

아직도 아오이가 잊히지 않는다.

왜 사람에겐 만남이란 게 있을까. 그런 개똥철학 같은 의문이, 이 르네상스의 정신이 살아 숨 쉬는 거리에서, 나를 옭아매고 있는 것이다.

전 세계에서 모여든 관광객들이 나처럼 목에 통증을 느끼면서 위를 올려다보는 모습을 발견할 때마다, 그래, 저 사람들에게도 잊을 수 없는 사람이 있는 거야, 하고 내 멋대로 생각해보는 것이다.

"피렌체의 건축은 정말 대단해요! 그렇게 생각지 않으세요."

대부분의 사람들은 어색한 나의 이탈리아어에 놀라고, 수상쩍은 동양인의 얼굴에 압도되어 시선도 맞추지 않고 황망히 그 자리를 떠나고 만다. 아오이도 그런 나의 성격이 사람을 질리게 한다고 말한 적이 있다.

— 자기는 때와 장소도 가리지 않고 사람 곤란하게 하는 그런 농담만 해.

물론 아오이는 다른 사람들처럼 시선을 피하면서 나를 떠나거나 하지는 않았다. 오히려 아닌 밤중에 홍두깨 같은 나의 어법을 은근히 재미있어하는 편이었다.

— 쥰세이는 정말 특이해. 그게 마음에 들어.

괴팍한 나를 멀리하지 않은 유일한 사람이라 해도 과언이 아니었다. 이 세상에서 단 한 사람, 그녀만이 나를 이해하고 받아주었다.

인간이란 잊으려 하면 할수록 잊지 못하는 동물이다.

망각에는 특별한 노력 따위는 필요도 없는 것이다. 끝도 없이 밀려오는 새로운 일들 따윈, 거의 모두 잊어버리고 살아간다. 잊었다는 것조차 모르는 게 보통이다.

어느 때 문득, 그러고 보니 그런 일이 있었지, 하고 떠올리기도 하지만 그걸 또 머릿속에 새겨두지 않으니, 기억이란 덧없는 아지랑이의 날개처럼 햇살 아래 녹아내려 영원히 사라져버리는 것이다.

그런데 그로부터 오 년이란 세월이 흘렀는데도, 잊으려 하면 할

수록 아오이는 기억 속에서, 이를테면 횡단보도를 건너갈 때, 지각하지 않으려고 마구 달릴 때, 심할 경우는 메미를 바라보고 있을 때, 망령처럼 불쑥 모습을 드러내 나를 당혹스럽게 한다.

잊을 수 없는 여자가 있다고 해서 지금이 불행하다는 것은 아니다. 현실에서 도망치고 싶은 것도 아니다. 매일매일 이 거리의 푸르고 투명한 하늘처럼 상쾌한 기분을 만끽하며 살아가고 있다. 물론 아오이와의 사랑을 회복하고 싶지도 않다. 아오이와는 영원히 만날 수 없을 것 같은 예감도 들고, 실제로 만난다 해도 아무 소용없다는 것도 잘 알고 있다. 그렇다면 이건 분명 기억의 심술이다. 여기가 마침 시간이 정지해버린 거리여서 그런지, 나는 어딘지 모르게 과거에 흔들리는 나 자신을 즐기는 것 같기도 하다.

즐긴다고?

아오이는 이제 돌아오지 않는다. 그녀는 그런 여자이고, 나 역시 그런 걸 기대할 사내도 아니다. 누구에게나 헤어지지 않으면 안 될 그런 때가 있는 법이다.

예를 들면 사별 같은 것…….

아오이와 나는 과거에 그런 이별을 했다. 나는 이미 그녀가 죽어버렸다고 믿으려 했다.

세계의 미술품 중 삼 분의 일은 이탈리아에 있다고 한다.

내가 미술품 복원 공부를 하러 여기에 온 것은 당연한 일이다. 여기에는 세계 최고 수준의 복원사가 많고, 내가 가르침을 받는 선생은 유채화 복원 분야에서 세계 최고다.

조반나는 나의 스승일 뿐만 아니라, 일찍 어머니를 여읜 내게는 어머니와 같은 존재이기도 하다. 그녀의 주문대로 살아가는 하루하루가 마치 신의 손바닥 위에 놓인 듯 잘 제어되어 기분도 좋다.

선생은 가끔 나의 나체를 그린다. 일이 빨리 끝나면,

"쥰세이, 오늘 시간 있니?"

하고 다른 제자들 몰래 나를 부르는 것이다.

나는 선생의 방에서 시키는 대로 포즈를 취한다. 아틀리에의 천창을 통해 비쳐 드는 은은한 햇살 아래서, 피부로 정적에 감싸인 공기를 빨아들이며, 나는 내 육체가 그녀의 시선 아래 있음에 환희한다.

선생은 안색 하나 바꾸지 않고, 나의 감정을 일부러 도발하는 법도 없이, 그냥 묵묵히 동양인의 근육질 신체를 데생해나간다. 마치 부처님께 귀의한 승려 같다는 느낌이 들 때도 있다.

스케치의 피사체가 되고 있을 동안 가끔 아오이를 생각한다. 옷을 걸치지 않은 탓에, 마음이 대담해지면 질수록 모든 속박에서 해방되어 먼 과거로 날아가 아오이를 만난다. 내가 즐겁게 선생의 모델이 되는 데는 그런 이유도 있다.

나도 예전에는, 다시 말해 대학 시절에는 아오이를 모델로 데생을 하곤 했다.

아오이는 달빛 아래서만 옷을 벗었다. 깡마른 몸매에 서양 도자기 인형 같은 아오이의 나체는 섹시하다기보다 그냥 투명하고 아름다웠다. 특히 발목은 살 하나 없이 가늘었다. 나는 그 가는 다리에 살짝 달라붙어 늘어진 장딴지를 즐겨 그렸다.

그럴 때면 조건이 하나 있다. 나도 벌거벗을 것.

만일 약속한 날 나의 기대가 깨어지면, 아오이는 그날로 미술관 창고 한 구석에서 복구 불가능한 조각처럼 잠들게 될 것이다. 바로 그날을 기다리며 나는 오늘도 두오모를 올려다보고, 이 거리를 숨쉬고 있는지도 모른다.

기억에 죽음을 선고하기 위해서?

메미는 모든 점에서 아오이와 정반대다.

여윈 몸매에 볼만 통통한 아오이와는 대조적으로 메미의 육감적인 몸은, 그녀의 핏줄에서 유래하겠지만, 나를 당혹스럽게 할 정도로 열정적이다. 그럼에도 볼은 쏙 들어가 있고, 콧날은 오뚝 솟았고, 입술은 가만 다물고 있으면 마치 대리석 조각 같다.

그러나 성격은 그냥 천진무구한 어린애다. 아오이와는 정반대로, 학생 시절 그렇게 까불고 활달하던 내가 오히려 얌전해질 수밖에 없을 정도로 메미는 왈가닥이다.

아오이는 어둠 속에서만 나를 원했다. 밝은 곳에서는 키스조차 주저했다. 다 큰 사람이 왜 그리 부끄럼을 타느냐고 놀리면, 나도 잘 알아, 하고 겨울날의 외풍 같은 목소리로 말하곤 했다. 그러나 메미는 밝은 곳에서 안기를 좋아한다. 대낮부터, 그것도 창을 열어 둔 채로 나를 원한다. 커튼을 치라고 하면, 안 돼, 다른 사람이 볼지 모른다고 생각하면 가슴이 두근거리고 스릴 있어 좋잖아, 하면서 들은 척도 않는다.

내가 사는 아파트는 피렌체 거리가 한눈에 내려다보일 정도로 높은 곳에 위치해 있고, 눈 아래로는 아르노 강이 흐른다. 창에서 얼굴을 내밀면 바로 앞에 퐁테 베키오가 보인다. 피렌체 거리의 색 바랜 오렌지색 지붕, 지붕, 지붕. 그래서 아무도 이 방 안을 볼 수 없다는 사실을 잘 아는 그녀의 장난기이기도 하다.

노출광, 하고 귀에 대고 속삭이면 얼굴을 붉히며 내 가슴에 볼을 기대는 메미를 나는 마치 새끼 고양이 다루듯 귀여워한다. 창을 열어두면 뛰쳐나가는 고양이처럼 며칠이고 제멋대로 마실을 다니다가 담배 연기에 절어 돌아오곤 한다. 그녀의 기다란 머리카락에 밴 역겨운 다른 남자의 냄새. 그래도 나는 불평 한 마디 한 적이 없다.

더 이상 상대를 옭아매는 연애 따위는 하고 싶지 않다.

과연 나는 기억을 지울 수 있을까.

아오이를 일상에서 쫓아내지 못하는 한, 메미를 진심으로 사랑할 수 없을지도 모른다. 그래서 들고양이 같은 그녀에게 화도 내지 못하는 것이다. 그것을 나는, 상대를 옭아매고 싶지 않으니까, 하고 얼버무린다.

결국 아오이가 내 마음속에 똬리를 틀고 있는 이상, 다른 사람을 사랑할 수 없다. 다시 말해, 난 아직 아오이를 가슴속에서 내몰아버릴 정도의 연애를 하지 못하고 있는지도 모른다.

딱 한 번 메미를 아오이로 착각한 적이 있다.

사랑을 나누는 동안 돌발적으로 내 입에서 그 이름이 터져 나왔다. 감정이 이성을 넘어선 상태였다. 우리는 섹스에 깊이 빠져 있었다. 어둠 속에서 메미를 안은 것이 실수였다. 그렇게도 어둠을 경계하고 있었음에도.

나는 메미의 머리를 내 가슴에 꼭 끌어안으면서, 아오이, 하고 불렀다. 내가 얼마나 치명적인 실수를 범했는지, 의식보다도 육체가 먼저 민감하게 반응했다. 적당히 얼버무리기에는 두 사람의 거리가 너무 가까웠다. 메미의 육체 속에서 나는 갈 곳을 잃고 위축되어갔다.

메미와 떨어진 후, 우리는 전혀 관계없는 이야기를 나누면서 상대의 심리를 살폈다. 아프리카 여행이나 갈까, 그런 터무니없는 말이 불쑥 튀어나왔다. 냉정을 가장한 어색한 분위기 속에서 터져 나온 열정은 갈 곳을 몰라 하며 우두커니 그 자리에 서 있었다.

어색한 침묵이 흐른 후, 메미는 더 이상 참지 못하고 외쳤다.

"아오이, 누구야?"

나는 어깨를 으쓱하며 적당히 얼버무리려 했지만, 메미는 그녀답지 않게 심각한 표정으로 따지고 들었다.

아오이는 내 가슴속에서 사라지려 하지 않았다.

과거가 너무도 거대하고 잔혹해서, 내 마음이 현실에 발을 내리지 못할 따름이라고 자기 분석해보기도 한다. 너무도 생생한 아오이와의 나날들, 그 망령과도 같은 과거가 나를 옭아매고 있는 것이다.

햇빛은 여전히 쿠폴라 위에 머물러 있다.

나는 저 햇살을 기뻐해야 할까. 아니면 햇살을 잘게 부수는 바람을 기뻐해야 할까.

아오이와의 나날들은 이 피렌체의 하늘처럼 화사한 색채는 아니다. 회색에다 징크화이트를 적당히 뒤섞은 듯한 느낌. 그것이 나의 오 년 전을 상징하는 색채다.

도쿄에서는 이런 하늘을 볼 수 없었다. 늘 고개를 숙이고 걸어 다녔기에. 어린 시절을 보낸 뉴욕의 하늘은 더 멀고 좁았다. 낡은 콘도미니엄에서 꼴도 보기 싫은 아버지와 둘이서 살았기에.

한 번도 품에 안겨보지 못한 어머니를 그리며, 어린 나는 늘 작은 창가에 앉아 조각 그림 같은 하늘을 올려다보았다. 일주일에 세 번

집안일을 도우러 오는 중국인 노파는 전쟁 중에 배웠다는 서툰 일본어로, 엄마는 밤일을 하고, 라는 노래를 불러주었다.

“밤일이 뭔데?”

나는 다음 날 아버지에게 묻는 것이었다.

하늘만 그리는 화가가 되고 싶어, 어린 시절 나는 그런 꿈을 꾸었다.

그래서 나는 어느 때부터인가 하늘을 탐색하는 여행을 시작했다. 같은 지구 상의 하늘이지만, 하늘은 장소에 따라 전혀 다른 얼굴을 드러낸다. 정말 마음에 와 닿는 하늘도 있다.

도쿄의 하늘. 뉴욕의 하늘. 피렌체의 하늘.

수줍어하는 하늘을 보고 있을 때면, 난 절대로 혼자가 아니라는 느낌에 사로잡힌다.

세이조 대학에 입학하기 위해 귀국하던 날, 십 년 만에 도쿄의 하늘을 보았다. 기내 방송에서, 도쿄는 쾌청, 이라는 자랑스러운 목소리가 들려왔다. 이게 쾌청인가, 하고 나는 깜짝 놀랐다. 비행기 창 너머로 바라보이는 하늘은 회색으로 뿌옇게 잠겨 있었기 때문이다.

이 거리가 내 마음에 드는 이유는 뭐니 뭐니 해도 관대하게 펼쳐진 기분 좋은 하늘 때문이다. 그냥 하늘에 지나지 않지만 올려다보는 것만으로 마음이 온화해진다.

필시 두오모의 전망대에서 바라보는 피렌체의 텅 빈 하늘은 나를 압도할 것이다. 푸르게 펼쳐진 하늘은 이 지상에 달라붙어 있는 스물일곱의 나를 그 기억의 속박에서 해방시켜 훨훨 날아가게 할 것이다.

오르고 싶다. 가능하다면, 지금 당장.

그림쟁이가 되고 싶었던 내가 그것을 단념했을 때, 아오이도 내 곁을 떠났다. 마지막으로 데이트하던 날, 우리는 미술관에 갔다. 그곳은 우리가 처음 만났던 추억의 장소였다.

우연히 그곳에서는 〈중세 미술, 복원된 명화의 여인들〉이라는 타이틀의 전시회가 열리고 있었다. 복원된 중세의 명화가 관내를 장식하고 있었다. 그 곁에는 복원 전의 무참한 모습이 사진으로 걸려 있었다.

상처투성이 명화를 원래 상태로 복원시키는 복원사의 기술에 나는 감동했다. 어떤 기술이기에 이렇게 생생하고 아름다운 모습으로 되살려낼 수 있단 말인가. 같은 그림이라고는 생각되지 않을 정도로 복원 후의 그림에는 생명력이 넘쳐흐르고 있었다.

사라져가는 생명을 되살리는 그들의 존재를 느끼면서 내 마음은 흔들리기 시작했다.

아오이와 나는 그날, 그때까지 침전물처럼 쌓이고 쌓인 서로의 감정을 일거에 폭발시키고 미술관에서 싸우고 말았다. 평소 그렇게 온화하던 그녀의 표변한 얼굴을 본 것은 그것이 처음이자 마지막이었다.

얼굴을 뒤틀고 큰 소리로 외치던 아오이의 모습이 명화의 여인들과 겹쳐서 내 기억 속에 선명히 새겨져 있다. 소리 없는 기억. 조용한 미술관의 회색 관내에, 액자도 없이 아오이는 그냥 서 있다. 정지 화면이지만, 표정은 묘하게 약동적인 것이 무척 인상적이다.

복원 작업을 할 때, 가장 신경을 써야 할 미세한 부분에 이르면, 어김없이 그때 그녀의 표정이 되살아나는 것이다. 아오이의 얼굴은 화면 속에서 진동하며, 내 마음을 마구 뒤흔들어놓는다. 잊을 수 없는 기억 하나.

나는 그녀와 파국을 맞이하면서 유채화 복원의 길로 점점 기울어져갔다. 절대로 그림에 소질이 없다고 생각해서가 아니다. 실제로 지금도 그림을 그리고 있고 앞으로도 그릴 것이다. 그림을 못 그려서 복원사의 길로 들어선 것은 아니다.

복원 일에서 삶의 의미를 발견할 수 있었던 것은 그것이 잃어버린 시간을 돌이키는, 세계에서 유일한 직업이라는 느낌이 들었기 때문이다.

잃어버린 생명을 되살리는 작업…….

세계의 역사적 예술품은 대체로 세 단계의 시기를 거치면서 지금까지 살아 숨 쉬고 있다.

제1기는 그 작품이 만들어진 시대인데, 그것은 화가가 그 시대에 보고 느낀 것에 감동하여 순수한 마음과 힘으로 캔버스에 물감을 칠하던 시원의 순간이며, 제2기는 그 작품이 많은 사람들 앞에서 화려한 매력을 발산하고, 각광을 받던 시간이다.

그리고 제3기. 너무 오래 살아버린, 그래서 과거의 영광도 사라지고 사멸해가는 명화를 현대의 복원사들이 혼을 불어넣어 다시 살려내는 단계.

내 일은 이 제3기에 위치해 있다. 사라져가는 명화들을 어떻게 하면 제1기에 가까운 상태로 되살려내는가 하는 것이다. 나의 의식을 과거로 돌려, 화가가 어떤 생각으로 그 그림을 그렸는지 상상하는 데서 모든 것이 시작된다. 화가에 대해 철저히 조사한다. 때로 그 인물 자신이 되어 그림을 그리듯이 복원해간다.

그것은 마치 사자를 되살리는 듯한 작업과도 같다. 화가가 캔버스를 빌려 생명의 숨결을 되살려야 한다는 것을 가슴에 새기면서.

내가 복원한 작품이 천 년 후에 또 다른 누군가의 손에 의해 복원될 것이라는 상상을 하면, 가슴이 뜨거워진다. 천 년 후의 사람들에게, 나는 배턴을 건네줄 임무를 맡고 있다. 내 이름은 후세에 남지 않지만, 내가 품었던 뜻은 확실히 남겨질 것이다. 내가 되살려낸 명화의 생명이 또다시 후대 사람의 손에 의해 더 먼 미래로 이어져가는 것을 꿈꾸어본다. 그것이 지금 내 삶의 의미이다.

나는 화가가 살았던 먼 과거를 현대로 끌어와서, 다시 미래로 보내는 시간의 우체부인 셈이다.

이탈리아어로 르네상스를 'Rinasciménto'라 한다. 원래는 '재생'이란 뜻이지만, 15~16세기에 걸쳐 이탈리아를 중심으로 일어난 문화 운동을 가리키는 말로 정착되었다.

피렌체는 그 리나시멘토의 발상지이다. 여기서 근대적인 빌딩을 찾기는 불가능한 일이다.

16세기 이후, 시간이 멈춰버린 거리. 거리 전체가 미술관이다.

겨울은 난방이 안 되어 얼어붙을 듯이 춥고, 여름은 바람이 통하지 않아 찌는 듯이 덥다. 그것을 사랑할 수 없으면 결코 여기서 살 수 없을 것이다.

나는 이 거리에서 나 자신을 재생시킬 수 있을까. 내 안에 르네상스를 일으킬 수 있을까.

정오를 알리는 사원의 종이 울리고, 쿠폴라에서 몇 마리 비둘기가 날아오른다.

나는 눈을 깜빡거린다. 순간, 현기증이 일면서 의식이 멀어지는 듯한 감각 마비 현상이 일어난다. 오랜 시간 고개를 들고 위를 올려다본 탓에 다리가 휘청거린다. 기억이 빛에 의해 마구 뒤섞이더니 늘 그렇듯이 플래시백이 일어난다. 부드러운 바람이 귀를 간질인다. 가만히 눈을 감는다. 눈꺼풀 안쪽으로 햇빛을 느끼며, 어깨 힘을 빼고, 턱을 끌어당긴다.

이대로 눈을 뜨면 나는 현기증 때문에 그냥 쓰러지고 말지도 모른다. 터질 듯한 감정을 억누르며 숫자를 헤아려본다. 일, 이, 삼, 사, 오, 육…….

그리고 천천히 눈을 뜬다.

대성당 서쪽 길에서 이쪽으로 달려오는 메미를 바라본다. 그녀는 나를 향해 손을 흔든다. 나도 흔든다. 빛은 우리 사이에 비처럼 쏟아진다. 농도 짙은 빛이 무수한 알갱이로 쏟아지는 것이 보인다.

나만 그것을 볼 수 있는 걸까. 아니면 이 광장에 있는 모든 관광객들도 보고 있는 것일까.

메미는 내 팔에 그녀의 팔을 끼워 넣는다. 말이 없다. 어제 우리는, 정말로 필요할 때가 아니면 말을 하지 않기로 정했던 것이다. 아무 뜻도 없이 늘 하는 놀이의 하나이다. 물론 먼저 입을 여는 건 언제나 나다.

그녀는 그냥 웃고만 있다. 무슨 좋은 일이 있었던 게 분명하지만, 쓸데없는 약속 때문에 그 이유를 물을 수도 없다. 그녀의 마음을 읽기에는, 난 너무 그녀로부터 멀리 떨어져 있는 것 같다.

메미는 내 앞을 가로막더니 아무 거리낌 없이 목에 두 팔을 두르고, 돋움발을 하고 입을 맞추었다. 시원한 그녀의 입술 감촉에 나는 놀랐다. 왜 이리 차가우냐고 말하려다가, 이건 중요한 일이 아니라고, 서둘러 입을 닫아버리는 것이다.

정말 필요한 게 있는 걸까.

그 정도로 중요한 것이 과연 우리 주위에 얼마나 있단 말인가. 적어도 이 우아한 피렌체 거리에서, 지금 당장 해야만 할 일 따위는 없다.

입을 다문 메미는 어딘가 아오이와 닮았다.

메미의 지금 나이가 옛날 아오이의 나이와 같은 탓에, 나는 마치 학생 시절처럼 아오이와 걸어가고 있는 듯한 느낌에 사로잡힌다. 입을 다물고 있는 메미는 점점 아오이에 접근해간다. 아오이는 필요한 말 이외에는 하려 하지 않았다. 그래서 그런 결말이 나버린 것일까…….

그때 그녀의 기분을, 지금이라면 조금 이해할 수 있을 것 같다. 필요 때문에 입을 열어야 할 일은 사실 아무것도 없는 것이다.

이 거리에는 늘 비처럼 햇살이 쏟아져 내리고 있다.

2

Maggio

5월

아침부터 비가 내리기 시작했다. 멈출 것 같지는 않다. 이 비구름을 몰고 온 한랭전선의 끝은 도버해협을 넘어 영국까지 뻗어 있는 모양이다. 유럽 전역이 비구름에 싸여 있다. 기후를 이야깃거리로 삼기 좋아하는 이 거리의 노인들에게 신은 좋은 화제를 제공해준 것이다. 오늘은 길가 여기저기서 해가 저물 때까지 하늘을 올려다보며 이야기를 나누는 그들의 모습을 볼 수 있을 것이다.

침대에서 빠져나와 창을 열자, 물이 불어난 아르노 강의 암녹색 표면이 드러났다. 짙은 녹색으로 우아하게 흐르는 평소의 모습이 아니다. 빗방울이 떨어져 여기저기 둥근 무늬를 그려내고 있다.

"또 비야?"

메미의 커다란 눈이 이쪽을 바라보고 있다. 그녀와 나는 벌거숭이다. 어젯밤 한 몸이 되었다가 그대로 잠들어버렸다.

"아, 당분간 내릴 것 같아."

메미는 반쯤 몸을 일으키고, 싫어, 하고 속삭였다.

"이 거리에 비는 어울리지 않아. 밀라노 쪽에나 내리면 될 것을."

내 뒤쪽으로 다가와 껴안는다. 풍성한 가슴과 내 등 사이에 그녀의 딱딱한 머리카락을 느낀다. 그녀의 파도치는 흑발은 어머니의 유산일 것이다. 커다란 갈색 눈동자도, 우뚝 솟은 콧날도, 동양인 얼굴의 나와는 다르다. 누가 어떻게 보나 이탈리아인의 얼굴이다.

"5월은 정말 싫어."

메미는 내 귓불을 손가락으로 매만진다. 5월을 이탈리아어로 뭐라고 해, 귓불에 입술을 갖다 대고 속삭였다.

"Maggio."

"맞아, 마기오였어."

메미는 이탈리아인의 피를 이어받았지만 이탈리아 말을 전혀 못한다. 어릴 적에 어머니와 이혼한 이탈리아인 아버지가 늘 마음에 걸린다고 했다. 아버지에 대해 물으면 갑자기 음울해지고 만다.

휴학계를 내고 이탈리아에 온 것도 졸업 후 취직해버리면 반쪽 조국이나마 한번 찾아보기도 어려울 것 같아서, 라고 했지만, 사실은 아버지를 한번 보고 싶어 온 게 아닐까.

"메미는 이탈리아어가 그렇게도 어렵니. 5월이란 말도 모른다니, 정말 배우고 싶은 마음이 있는 거야?"

"그럴 수도 있잖아. 누구든 깜빡하는 것."

"글쎄, 학교에도 가지 않고, 다른 일본인 관광객들처럼 쇼핑만 하잖니."

메미는 겨드랑이 밑으로 손을 넣어 나를 꽉 쥐었다. 간지러워 웃으면서 뒤를 돌아보자, 메미는 부루퉁한 표정으로 내 팔에 기대어 온다.

"괜찮아. 말은 몰라도 상관없어. 이 나라를 본 것만으로 만족해."

메미는 애절한 눈으로 나를 올려다보았다. 머리카락에 가린 갈색 눈동자에 내 얼굴이 비치고 있다. 나는 그녀의 왼쪽 눈에 입을 맞췄다. 오른쪽 눈에만 쌍꺼풀이 졌다. 그녀가 싫어하는 왼쪽 눈을 나는 더 좋아한다.

"아버지를 만나고 싶으면 바로 밀라노로 가지 그랬어."

나는 슬쩍 메미의 마음을 떠보았다. 메미의 볼이 더 부풀어 올랐다.

"날 버린 놈을 만나서 뭘 해. 난 그냥 이탈리아란 나라를 확인해 보고 싶었을 뿐이야. 확인만 하면 그냥 일본으로 돌아갈 거야."

"언제 확인되는데?"

"그거야 쥰세이에게 달렸지."

우리는 잠시 서로의 얼굴을 바라보다 누가 먼저랄 것도 없이 미소를 띠었다.

"내게 달렸다고?"

"응, 자기가 나를 필요로 하는 한 여기 있을래."

메미는 더 이상 웃지 않았다.

"이까짓 나라, 아무렴 어때. 오는 그날로 싫어졌어. 폐쇄적이고 번잡하고, 내가 이탈리아어를 못한다는 것을 알자 대하는 태도가 너무 싸늘해. 젊은 애들조차 외국에 대해서 몰라도 너무 몰라. 동양인이라고 전부 똑같은 것 아니잖아. 화나지 않아? 일본, 중국, 한국이 모두 같은 나라라 생각해. 무지해도 분수가 있지."

내가 "글쎄" 하고 고개를 갸웃하자 메미는 "맞아!" 하고 떼를 썼다. 조반나는 그렇지 않는데, 하고 일부러 골려주려고 선생 이름을 입에 담아보았다. 선생이 나의 나체를 그린다는 사실을 모르고 있지만, 여자 특유의 직감 때문일까, 메미는 본 적도 없는 선생을 경계하고 있다.

"인텔리인 척하는 사람인 것 같아."

한 마디도 지지 않으려 한다. 나는 메미를 부드럽게 끌어안았다. 그녀의 심장이 내 품속에서 맥박 치는 것이 느껴졌다. 제멋대로 흥분하고, 가볍게 이성을 잃어버리는 메미의 성격이 옛날의 나와 비슷하다는 생각을 하면서, 나는 빙긋 웃었다.

뉴욕에서 태어나 자란 나는 열여덟 살 때까지 일본을 거의 알지 못했다. 그때까지는 할아버지 아가타 세이지를 통하여 정보를 얻는 정도였다.

할아버지는 뉴욕에서 자란 나를 걱정해준 유일한 혈육이다. 아버지 기요마사는 일과 젊은 여자에 정신이 팔려, 어머니 없이 자라는 나를 늘 팽개쳐두기만 했다.

도쿄의 할아버지는 자주 편지를 보냈고, 일본어만은 잊어선 안 된다고 집요하게 충고했다. 아무도 나에게 관심을 보여주지 않는다고 생각하며 자란 나는 그런 할아버지의 충고가 너무 기뻤다. 내가 대학에서 일본 문학을 전공한 것도 할아버지의 그런 충고와 관련이 깊다.

메미와 나는 대조적이었다.

일본에서 메미는 그 화사한 겉모습 때문에 외국인 취급을 받아야 했다. 이탈리아어도 영어도 모른다는 걸 알고 친구들은 한결같이 이상하게 생각했다. 그녀의 어학에 대한 알레르기는 거기서 시작된 것이다.

"오늘이 며칠이지?"

창문을 닫으면서 물었다. 메미는 내 등에 입을 맞춘 다음, 25일, 하고 말했다. 25일. 나는 도쿄의 5월을 떠올렸다.

나는 도쿄의 5월을 좋아한다. 매화와 벚꽃이 활짝 피는 3월이나 4월보다도 싱그러운 새잎이 무성한 5월이 더 좋다.

어디를 보나 똑같은 무기물적인 거리에서 푸른 가로수의 싱그러운 호흡은 도쿄에서 이방인 생활을 하는 나에게는 구원의 녹음이었다.

입학기의 혼란도 지나고, 생활에 안정을 찾으면서 도쿄를 차분하게 관찰할 수 있게 된 것도 5월의 일이다. 그렇게 낯설고 정들지 않던 도쿄의 5월은 특별한 시간으로 내 기억 속에 새겨져 있다.

내가 살던 낡은 집의 창을 열면 하네기 공원의 녹음이 한눈에 보인다. 그곳은 예전에 할아버지가 쓰던 작업장인데, 낡았지만 천장도 높은 게 내 마음에 꼭 들었다. 창고 같은 구석방에는 할아버지의 작품이 오래된 것부터 새로운 것까지 가득 쌓여 있었다.

처음에 할아버지는 도쿄에 익숙지 못한 내가 걱정스러운지 미타카에 있는 자신의 집에서 통학하라고 설득했다. 그러나 속박받기 싫어서 나는 거절했다. 그렇다면 지금은 사용하지 않는 작업실이 있으니 거기서 살라고 하면서 무작정 할아버지는 나를 우메가오카의 연립주택에 밀어 넣었던 것이다.

이국땅의 마천루 한가운데서 자란 내게, 그 오다큐 철로 연변의 한적한 주택지는 최초의 도쿄 체험이었다.

때로 할아버지 몰래 옛날 작품을 꺼내 보며 나름대로 비평도 하면서 놀기도 했다. 할아버지 작품 가운데서 중남미를 방랑하면서 그린 목판화가 가장 마음에 들었다. 그것을 발견했을 때 나는 얼마나 놀랐는지 모른다.

60년대의 팝 아트 영향이 엿보이는 일련의 목판화들은 거리 전체를 그리는 것이 아니라, 오래된 집이나 무너져 내린 벽, 또는 도로 표지 등을 공간에서 돌출시켜, 그것만 집중적으로 묘사하는 것이었다. 추상적인 세계에 치밀하게 묘사된 현실, 넘쳐나는 그 리얼리티를 통해 나는 여행의 매력과 상상력의 가능성을 배웠다.

할아버지는 예전에 보낸 편지에서, 자신은 고대 마야 문명에 자극받아, 그 땅을 방랑했다 하였다. 원시적 힘에 자극받은 생명력 넘치는 작품을 접하면서 나는 우메가오카의 주택에서 내 자신의 미래를 그려보았던 것이다. 언젠가는 인간의 과거를 여행해보고 싶다는 꿈을 꾸게 된 것도 그때였다.

아침 겸 점심을 먹은 다음, 메미는 아르노 강이 보이는 자신의 방으로 돌아가고, 나는 공방으로 향했다.

공방은 걸어서 오 분 정도 떨어진 베키오 다리 곁에 위치해 있다. 커다란 석문 곁에 작업실로 통하는 작은 문이 있고, 거기를 지나면 열 평 정도의 좁은 안마당이 나온다. 사방이 석벽으로 둘러싸였고, 화분이 가지런히 늘어서 있는 그 공간은 아름답고 아담하다. 그 안마당 끝에 공방으로 통하는 현관이 있는데, 나는 오랜 역사를 느끼게 하는 짙은 체리색 나무문에 우산을 세워두고 안으로 들어섰다.

처음 이곳을 방문했을 때, 나는 여기저기 놓여 있는 중세의 조각과 유채화를 보고 놀랐다.

역사적인 작품이 마치 실패작처럼 여기저기 아무렇게나 쌓여 있었던 것이다. 처음에는 연습용이라 생각했지만, 그렇지 않았다. 모두 진짜였던 것이다.

이곳은 거리 그 자체가 중세라 그리 놀랄 일도 아니라고 선생은 내 어깨를 두드리며 미소 지었다. 그로부터 삼 년의 세월이 흘러, 나는 몇 개의 복원사 자격증을 땄다. 이곳으로 운반되어 오는 오래된 유채화나 템페라화 가운데서도 특히 어려운 것들이 내게 배당되었다. 둘만 남았을 때, 조반나는 나를 신뢰하고 있다고 말한 적이 있다. 나는 그 말을 그대로 받아들였다.

선생은 근처의 복원 학교에서 온 수 명의 젊은 학생들 앞에서 그림이 그려진 낡은 천이나 판자, 그리고 색이 바랜 부분, 떨어져 나간 부분 등을 어떻게 복원시켜야 할지 조목조목 상세히 지도하고 있었다.

엷은 살색 셔츠가 잘 어울리는 여인이다. 안경테에 걸린 금 사슬이 셔츠 위에서 부드러운 곡선을 그리고 있었다.

선생은 나를 힐끗 보고 미소를 보내고 금방 엄숙한 표정으로 돌아갔다. 나는 맨 안쪽 복원실로 들어섰다.

최근에 국비 유학생으로 복원을 배우러 온 일본인 다카나시 아키라가 세정 작업을 하고 있었다. 다카나시는 나보다 다섯 살 위인 서른두 살. 도쿄 예술대학 대학원에서 복원사 양성 코스를 마친 후, 일본의 복원 연구소에 취직했는데, 보다 전문적인 기술을 습득시키려고 문화청에서 파견한 것이다.

"비가 내려."

다카나시는 작업하던 손길을 멈추고 말했다.

"습기는 그림에 좋지 않아."

그는 면봉을 세심하게 움직이며 세정 작업을 하고 있었다. 표정은 침착했지만, 손끝이 가늘게 떨리고 있었다. 나는 재킷을 벗고 머리 위로 작업복을 뒤집어쓰고는 다카나시 곁에 앉았다.

"습기 많은 일본에서는 복원 작업이 무척 힘들어. 기후가 건조한 이곳처럼 아교에 식초 같은 걸 넣었다간 금방 곰팡이가 슬고 말지."

그는 혼잣말처럼 그렇게 말하고 또 혼자 웃었다.

"근본적으로 일본과는 작업 방법이 달라."

"어떻게 다른데."

내가 묻자 다카나시는 응, 하고 고개를 끄덕였다. 질문하기를 기다렸다는 태도였다.

"하나의 예에 지나지 않지만, 일본의 경우는 얼마나 오리지널에 가깝게 복원하는가를 중요시해."

듣고 보니 그렇다. 나는 정중하게 고개를 끄덕였다. 이탈리아의 경우는 멀리서 보아 위화감이 없도록 색칠을 하는 것은 일본과 같지만, 가까이에서 봤을 때 복원 작업을 했다는 것을 알 수 있게 해야 한다.

"문화재로서 가치가 높으면 높을수록, 어디가 복원되었는지, 누가 보아도 한눈에 알아볼 수 있게 하는 것이 이 나라의 원칙이지."

다카나시는, 그렇다고 해서 이탈리아의 방법이 잘못되었다는 것이 아니라, 문화적 배경에 따라 사고방식이 다르다는 것을 강조하고 싶을 뿐이라고 했다. 그 말투가 나의 동의를 구하는 듯한 느낌을 주었다.

나는 작업에 들어갔다. 다카나시처럼 대학원에서 전문 지식을 배운 게 아니라, 현장에서 몸으로 때운 사람이다. 그러나 여기서는 내가 나이 많은 다카나시를 가르치는 입장이었다.

"자네 정말 대단해. 피렌체에서도 톱클래스에 속하는 이 공방에 국가의 지원도 받지 않고 들어오다니. 대학에서 특별히 복원을 배운 것도 아닐 텐데 말이야."

나는, 응, 하고 건성으로 대답하고 작품을 들어 올려 구석구석 점검해보았다. 지금 나는 보티첼리의 초기 작품을 만지고 복원하고 있다. 개인 소장품이다. 그림의 가치에 대해 너무 깊이 생각하다 보면 너무 신중해져 작업을 할 수 없다. 그래서 난 늘, 이건 그냥 오래된 평범한 그림일 뿐이라고 속으로 중얼거리며 작업에 임한다.

"대학에서는 뭘 했니?"

"국문학."

"전공은?"

"산카슈(山家集, 12세기의 승려, 가인 사이교의 저술 — 옮긴이) 같은 유."

"'산카슈'라고?"

다카나시는 웃었다.

"지금까지 이 길만 걸어온 내가 독학생인 자네에게 한 수 배워야 한다니, 정말 내 신세가 처량하군."

다카나시의 말에는 가시가 돋쳐 있었다. 나이도 어린놈이 경어도 쓰지 않는다고, 나를 시건방지다고 생각하는 것 같다. 일단 작업실을 떠나면 그는 말 한 마디 붙여오지 않는다. 좁은 동네이고 보니, 알게 모르게 일본인끼리 교분을 가지는 것이 보통이지만, 나는 메미 이외의 일본인과는 의식적으로 관계하지 않으려 하고 있다.

"어떤 방법으로 여기 오게 되었는지 말해봐."

"방법이라니?"

"여선생과 잔다든지."

눈을 부릅뜨고 다카나시를 째려보았다. 다카나시의 한쪽 볼에 비웃음이 떠올라 있었다.

그때 안젤로가 다가와서 비가 거세졌다고 말했다. 천둥까지 치다니, 정말 희한한 일이라면서 젖은 옷을 손가락으로 가리켰다.

큰 키에 얼굴이 새하얀 청년이었다. 아직 앳돼 보이는 얼굴이다. 안젤로는 활짝 웃었다. 새하얀 면 셔츠가 빗물에 젖어 그의 가느다란 몸에 착 달라붙어 있었다. 다카나시가 눈길을 돌리며 서툰 이탈리아어로, 어서 옷을 갈아입는 게 좋겠다고, 감기 걸리겠다고 말했다. 안젤로는 마치 형의 지시에 따르는 동생처럼 얌전하게 옷을 벗었다.

작업이 끝난 후 선생의 부름을 받아 지붕 아래 다락방 아틀리에로 갔다. 다카나시와 안젤로는 아직 남아서 작업을 하고 있다. 방을 나서면서 힐끗 뒤를 돌아보았지만 다카나시는 담담하게 자신이 맡은 일을 하고 있었다.

뒤를 살피면서 좁은 계단을 올라간다. 계단은 위로 올라갈수록 좁아지고, 그 끝에 선생 방이 있다.

선생의 그림 모델이 된 것은 일 년 전쯤이다. 일이 끝난 후 선생의 부름을 받고 가보니 모델이 되어주지 않겠느냐는 것이었다. 나는 거침없이 그렇게 하겠다고 했다. 그로부터 다섯 장의 그림이 완성되었다.

나는 선생 앞에서 옷을 벗는 데에 아무런 저항도 느끼지 않았다. 어머니 없이 자란 나이고 보니 알게 모르게 선생에게 특별한 감정을 품고 있는 게 아닌가 생각도 해보았지만, 그것은 기우에 지나지 않았다. 우리의 관계는 지극히 냉정한 것이었다. 나는 선생을 신뢰하였고, 작품의 모델이 되는 것 자체에 기쁨을 느꼈다. 선생은 평소와 조금도 다름없는 표정으로 담담하게 나의 나체를 그려갔다. 나도 그 이상의 어떤 기대도 하지 않았다.

모델을 할 때면 나는 어머니에 대해 많이 생각했다. 과연 어떤 사람일까. 내가 태어나고 얼마 안 되어 스스로 목숨을 끊은 불쌍한 어머니. 나를 남겨두고 죽음을 선택할 수밖에 없었던 무너진 그녀의 마음에 대해.

문득 조반나 같은 사람이 아니었을까 하는 생각이 들 때가 있다. 그렇게 추측하는 근거가 있었다. 아버지는 어머니에 대해 별로 이야기하지 않았지만, 세이지 할아버지는 어머니가 그림쟁이였다는 것을 알려주었다. 물론 편지 속의 한두 행에 지나지 않는 글이었다. 그렇게 대단한 화가는 아니었지만, 특이한 화풍을 가지고 있었다 했다. 전체를 반듯하게 정돈하려 하지 않는 그런 스타일이 좋았다고 할아버지는 평했다.

"알처럼 둥글게."

선생이 새로운 주문을 던졌다. 나는 작은 사각형 천창으로 비쳐 드는 비 오는 날의 빛 속에서 몸을 둥글게 말았다.

선생은 숨결이 들릴 정도로 가까운 거리에 있었지만, 나는 모델답게 벽이나 기둥을 바라보며 그림 그리는 선생을 의식하지 않았다. 그것은 냉정한 교착 상태 같은 관계였다. 나는 거기에서 깊은 안도감을 느끼고 있었다.

"이러면 돼요?"

책상 위에 올라가 손을 앞으로 모으고, 몸을 둥글게 말아, 머리를 무릎에 갖다 댄다. 엉덩이를 선생님 쪽으로 돌리고 있는 셈이다.

"좋아. 지금 세상에 태어나고 있다는 상상을 해봐."

선생은 그렇게 말하고 작은 소리로 웃었다. 얼굴을 그릴 때 외에는 입을 열어서는 안 된다.

"조반나, 다들 선생님과 나 사이에 대해 말이 많은 것 같아요."

"나와 쥰세이 사이에 뭘?"

하고 낮은 목소리로 내 말을 성가시다는 듯이 뿌리쳐버렸다. 우리 사이는 결백하다는 당연한 주장이었다. 나는 할 말을 잃었다.

"내가 쥰세이의 몸을 그리는 게 도대체 무슨 소문거리가 돼?"

선생의 어투에는 나까지도 거부하는 듯한 묘한 뉘앙스가 배어 있었다. 나는 무릎에 머리를 박은 채 얼굴을 붉혔다. 내가 쓸데없는 말을 하는 바람에 선생과 나 사이에 엷은 막이 만들어진 것 같아서 후회스러웠다.

"별것 아니에요."

황망히 모든 것을 부정하고, 그런 소문 따위 아무렴 어때, 하고 속으로 중얼거렸다. 선생은 미소 지으며, 쓸데없는 일에 집중력을 잃어서는 안 된다고 주의를 주었다.

"쥰세이는 다른 사람의 질투에 지지 말고 훌륭한 복원사가 되어야지."

잠시 후 선생은 그렇게 말했다.

창문에 번갯불이 비쳤다. 멀리서 천둥이 울리고, 빗소리가 유리창을 때리기 시작했다. 그 소리의 리듬에 귀를 기울이다 어느새 나는 잠들고 말았다. 의식이 멀어지더니, 깊이 잠겨 있던 기억이 위로 스며 올랐다.

학생 시절, 나는 아오이를 모델로 그림을 그렸었다. 일요일 오후나 수업을 빼먹은 평일 오후, 특별히 할 일이 없으면 할아버지의 캔버스와 물감을 꺼내 그림을 그렸다. 처음에 아오이는 싫다고 했지만, 내가 그린 그림이 마음에 들었는지, 나중에는 제가 그림을 그려달라고 오히려 투정을 부렸다.

메미와는 대조적인 아오이의 조각품 같은 무표정한 얼굴을 나는 좋아했다. 어디를 보고 있는지 가늠할 수 없는 우울한 눈길이 마음에 들었다. 문득 현실을 벗어나 그녀만이 아는 공간 속으로, 그 시선은 헤엄쳐가고 있었다. 다소 염세적인, 모든 것을 포기한 듯한 그런 분위기를 풍겼다. 섬세하고 부서지기 쉬운 그런 눈동자였다.

나는 아오이의 시선이 향하는 곳을 늘 마음에 두면서 그림을 그렸다. 그녀가 보려 하는 것을 같이 보고 싶은 바람으로 그림을 그렸다. 그녀에게 좀 더 다가가고 싶었다. 그러나 그녀는 가까이 가면 갈수록 점점 더 멀어지는 물 같은 여자였다.

공방을 나서자 이미 비는 그쳐 있었다. 우산을 든 채 나는 혼자서 아르노 강변을 걸었다. 오렌지색 가로등이 내 주위를 발갛게 비추고 있었다. 때로 뒤에서 소형 자동차가 클랙슨을 울리며 지나쳐갔다.

"5월 25일."

나는 먼 하늘을 바라보며 중얼거렸다. 도대체 아오이는 축복의 이날을 누구와 같이 보내고 있는 것일까. 그녀의 스물일곱 번째 생일을 어떤 사람과 함께…….

아오이의 스물두 살 생일, 그날도 비가 내렸다.

우리는 70주년 기념 강당 곁의 콘크리트 계단에서 만나기로 했었다. 그곳은 우리가 즐겨 만나는 장소였다.

대학 오케스트라에 소속된 학생들이 지하실로 이어지는 계단에 걸터앉아 첼로 연습을 하고 있다. 낮고 우아한 울림은 반지하 콘크리트 벽에 부딪쳐 기분 좋게 울려 퍼지고 있었다.

비를 피하면서, 하필이면 이렇게 좋은 생일날 비가 오다니, 하고 말하자, 아오이는, 괜찮아, 하고 가냘프게 웃었다. 그때 우리는 얼마나 미래를 바라보고 있었을까. 오늘과 같은 이런 시간을 예감할 수 없을 정도로 우리는 인생을 두려워하지 않았던 것 같다.

어디로 갈까, 하고 묻자 아오이는, 억지로 어디 갈 필요는 없잖니, 하고 말했다. 우리는 비가 개기를 기다리며 계단에 나란히 쭈그리고 앉아 미래의 천재 첼리스트들의 연주를 듣고 있었다.

우리는 그날 밤 시모기타자와의 유럽풍 레스토랑에서 아오이의 스물두 번째 생일을 축하했다. 그러나 내 머릿속에는 저 70주년 기념 강당에서 들었던 첼로 소리가, 성가신 가게 분위기나 올리브기름이 듬뿍 든 맛있는 음식보다 더 강하게 남아 있었다. 빗소리와 첼로 소리, 곁에는 아오이가 있고, 난 그녀의 손을 꼭 잡고 있었다.

그때 첼리스트 청년들이 연주하던 곡의 제목은 기억나지 않는다. 클래식 음악, 특히 오페라를 좋아하던 아오이는 그 곡명을 알고 있었다. 그러나 나는 모르는 곡이었다.

사람이란 살아온 날들의 모든 것을 기억할 수는 없지만, 소중한 것은 절대로 잊지 않는다고, 난 믿고 있다. 아오이가 그날 밤의 일을 완전히 잊었다고는 생각지 않는다. 다시는 그녀를 만날 수 없을지 모른다 해도.

밤, 나는 메미의 방에서 그녀의 룸메이트인 한국인 인수를 소개받았다. 성격이 밝은 인수는 메미와 랭귀지 스쿨 동기생이었지만, 이탈리아어 실력은 메미에 비할 바가 아니었다.

인수와 이탈리아어로 이야기를 나눴다. 인수와 메미는 인수의 서툰 일본어와 메미의 서툰 영어로 겨우 대화를 나누고 있다 한다. 메미는 나와 인수가 이탈리아어로 친숙하게 이야기를 나누는 게 재미없었던 모양인지 도중에 텔레비전을 켜더니 어느새 잠들어버렸다.

그곳은 랭귀지 스쿨에서 소개한 학생 전문 아파트로, 방 세 개에 식당과 목욕탕은 공용이었다. 다른 방에는 일본인 남자가 살고 있었지만 얼굴을 본 적이 없다.

“정말 대단한 비였어.”

인수가 창 쪽을 바라보며 말했다. 벌써 개고 말았어, 하고 나는 말했다.

“메미, 이쪽으로 와. 같이 차나 마셔.”

그렇게 말하자 메미는 그라치에(고마워), 하고 중얼거렸을 뿐이다.

이탈리아판 가요 프로그램이 흘러나오고 있었다. 단발의 록 싱어가 화면 속에서 땀을 뻘뻘 흘리며 노래를 부르고 있었다. 일본의 포크 송과 비슷했다. 이탈리아 노래는 어딘가 일본의 선율과 닮았다고 일전에 메미가 말한 적이 있다. 듣고 보니 그런 것도 같았다.

“오늘은 어떻게 보냈어?”

인수는 묻고 나는 미소 지었다. 오늘을 돌이켜보려는 내 귀에 그리운 그 옛날의 첼로 선율이 은은히 들려왔다. 한순간 선명하게 들려오던 그 선율은 이탈리아 팝송 때문에 사라져버렸다.

“Era una giornata come quélla di ièri(어제와 똑같은 하루였죠).”

내가 그렇게 말하자, 인수는 그 말을 입속으로 우물거리며 따라한다. 어제와 똑같은 하루였죠. 이상한 울림으로 다가온다. 우리는 언제든 어제로 돌아갈 수 있을 것 같지만, 절대로 돌아갈 수 없다. 어제는 조금 전이지만 내일은 영원히 혼을 뻗칠 수 없는 저편에 있다.

"우리 파티나 할까."

내가 웃음 띤 얼굴로 인수와 메미를 향해 말했다. 세 사람은 처음으로 의견의 일치를 보고 재빨리 준비에 들어갔다.

"그런데 이건 무슨 파티?"

인수가 서툰 일본어로 메미와 나를 향해 물었다.

나는 냉장고를 뒤지면서, 오늘은 옛 애인의 생일이야, 하고 빠르게 이탈리아어로 말했다. 메미는, 엣, 뭐라고?, 하고 되물었지만, 인수는 씁쓸한 미소를 떠올렸을 뿐 아무 말도 하지 않았다.

3

Un Alito Tranquillo

조용한 호흡

공방 앞으로 이어지는 구이차르디니 가를 오십 미터 정도 기듯이 오르면, 팔라초 피티의 장중한 건축물이 나타난다. 피렌체에서도 유명한 대상인 루카 피티가 15세기 후반에 세운 개인 저택이다.

나는 점심시간을 이용하여 자주 여길 찾아온다. 피티 궁 안에 있는 팔라티나 미술관에는 내가 너무 좋아하는 라파엘로의 그림이 많다. 거기서 〈베일을 쓴 여인〉, 〈도니 부처상〉, 〈작은 의자의 성모〉와 같은 명작을 그냥 감상할 수 있다. 그러나 무엇보다 즐거운 것은 사투르누스실에 걸려 있는 〈대공의 성모자〉이다. 그 그림을 보고 있노라면 마음이 저절로 안온해진다.

라파엘로가 그린 성모는 한결같이 온화하고 유려한 아름다움이 넘쳐흐른다. 다른 르네상스 화가들이 그린 수많은 성모와는 다른 부드럽고 사랑스러운 느낌을 준다. 나는 언제부터인지 〈대공의 성모자〉와 나의 이상적인 어머니 모습을 겹쳐서 바라보아왔다. 외로움을 느낄 때면 이리로 와서 가만히 바라본다. 〈대공의 성모자〉 앞에서만 내 마음을 모두 열어둘 수 있었다.

"이 그림이 정말 마음에 드는 모양이군요."

어느 날, 매일처럼 찾아와서 〈대공의 성모자〉를 바라보는 나에게, 사투르누스의 감시원이 그렇게 말을 걸어왔다.

"훔치고 싶을 정도로 좋아하지요."

내가 이탈리아어로 그렇게 말하자 그녀는 순간 몸을 긴장시키면서, 내가 여기서 지키고 있는 한 절대로 안 된다고, 손가락으로 나를 가리키며 말했다. 그리고 우리는 웃음을 터뜨렸다.

내가 어머니 없이 자랐다고 하자, 감시원은 얌전한 표정으로 고개를 끄덕였다. 내가 여기서 은밀히 어머니를 만나고 있다는 것은 아직 아무에게도 말한 적이 없었다. 누구든 자기의 비밀을 이야기하고 싶어질 때가 있는 법이다.

"라파엘로의 성모는 세계 최고라고 생각해요. 세상 사람들이 여기서 발걸음을 멈추는 이유가 있어요. 사실 난 라파엘로와 같은 우르비노 출신이죠. 그 거리에서 태어난 사람의 자부심이기도 해요. 여기서 그의 그림을 지키며 보내는 인생도 괜찮은 것 같아요."

나는 고개를 끄덕였다. 그리고 그녀는 라파엘로에 대해 그녀가 아는 모든 것을 가르쳐주었다. 신동이라 불리던 소년 시절부터 교황의 총애를 받는 예술가로서 막대한 부와 권력과 명성을 손에 넣은 로마 시대의 일, 삐딱한 기인이었던 미켈란젤로와는 대조적으로 모든 사람들에게 사랑받고, 누구보다 명랑하고 온후하며, 그리고 아름다운 용모를 지녔던 그의 기적과도 같은 화려한 반생을…….

"그러니까 그는 서른일곱이라는 젊은 나이에 요절했지요. 만일 그가 레오나르도 다 빈치처럼 오래만 살았더라면, 얼마나 많은 명작을 남겼을지 상상이 안 가요."

나는 그녀의 의견에 찬성하며, 나도 그렇게 생각한다고 대답했다.

"아, 그러고 보니 당신, 라파엘로와 너무 닮았어."

그러면서 우리는 서로의 얼굴을 뚫어져라 바라보며 배를 잡고 웃었다. 그로부터 수년의 세월이 흘러, 그 감시원은 무슨 사정인지는 모르겠지만, 그곳에서 모습을 감추었고, 지금은 키 큰 아프리카계 남자가 그녀의 자리를 지키고 있다.

기둥 뒤의 의자에 앉아 있는 그 남자를 볼 때마다 그림에 새겨진 또 하나의 웅대하고 잔혹한 시간의 흐름을 느끼게 된다. 이렇게 이 그림들은 시공을 넘어서 수많은 사람들의 손에서 손으로 이어지며 살아가는 것이다.

이 아프리카계 감시원도 언젠가는 다른 사람에게 자리를 넘겨줄 것이다. 앞으로 몇 세기 동안 팔라티나 미술관이 존속한다 해도, 이 관을 관리하는 사람이나 방문하는 사람은 시간과 함께 변화해갈 것이다. 나 또한 이 그림의 생명력 앞에서는 너무도 짧은 인생을 살아갈 것이다.

뛰어난 일류 복원사와 진보하는 과학의 힘으로, 이 그림은 몇 번이나 생명을 되찾아 영원에 가까운 삶을 살아갈 것임에 틀림없다. 내가 직접 이 그림에 생명을 불어넣을 가능성은 없겠지만, 동업자들이 온갖 열정을 기울여 거기에 새로운 생명을 불어넣을 것이다. 그것만으로도 나는 나 자신의 일에 자부심을 가질 수 있다. 이런 직업의 말석이나마 지킬 수 있는 나 자신이 너무 대견하다.

〈대공의 성모자〉와 마주 선다. 아오이의 시선과도 닮은, 아래쪽을 비스듬히 내려다보는 부드러운 눈길이 향하는 그 대상을 상상하면서, 나는 몇 백 년 전에 그려진 성모의 변함없는 아름다움에 넋을 잃고 만다. 마치 라파엘로가 이 시대를 살아가는 것 같다. 아니, 화가는 살아 있다. 그의 혼이 여기 있으므로.

저녁, 선생과 카부르 거리에 있는 단골 화구상으로 갔다. 베키오 다리를 건너, 관광객들이 붐비는 시끌벅적한 시뇨리아 광장을 지나 중심가 쪽으로 나아가, 번잡한 칼차이우올리 거리를 지나, 두오모 앞으로 나선다. 선생은 때로 팔짱을 낀다. 그러나 그것은 잠깐이다. 그녀가 아주 기분이 좋을 때 한해서 드러내는 행동이다. 내가 편해서 그럴 테지만, 언제까지고 그렇게 걷고 싶은 나의 바람은 여지없이 깨지고, 선생은 웃으면서 슬그머니 팔을 빼내고 마는 것이다.

여름이 다가오고 있다. 땀이 살짝 배어 나온다. 해가 길어져서 저녁인데도 태양의 힘은 싱싱하다. 빛의 끝자락을 올려다보니, 두오모의 쿠폴라가 눈에 들어왔다. 문득 아오이의 얼굴이 떠올랐다. 햇빛이 쿠폴라 주변에서 춤을 추고 있다.

"왜 그러니?"

조금 앞서 걸어가던 선생이 멈춰 선 채 두오모를 올려다보는 나를 돌아보았다.

"지난번에도 여기서 두오모를 올려다보지 않았니."

선생에게는 아무것도 숨길 수 없다. 나는 속내를 들켜버린 소년처럼 턱을 아래로 잡아당기며 어깨를 으쓱해 보였다.

"추억이 있는 모양이구나."

선생의 부드러운 목소리가 내 귀를 간질였다. 나는 고개를 마구 휘저었다.

"추억이 아니라, 약속입니다."

"약속이라……."

선생은 미소 지으며, 나와 함께 쿠폴라를 올려다보았다. 비둘기 몇 마리가 날아올랐다. 날갯짓 그림자가 두오모의 벽면에 우아한 수를 놓았다.

"약속은 미래야. 추억은 과거. 추억과 약속은 의미가 전혀 다르겠지."

선생의 얼굴을 보았다. 빛의 샤워를 받은 그 온화한 얼굴의 투명한 피부가 하얗게 빛을 발하고 있었다.

"미래는 그 모습이 보이지 않아 늘 우리를 초조하게 해. 그렇지만 초조해하면 안 돼. 미래는 보이지 않지만, 과거와 달리 반드시 찾아오는 거니까."

선생의 눈동자를 가만히 엿보았다.

"그렇지만 그 미래에는 희망이 별로 없어요."

선생은 미소를 거두었다.

"내게는 고통스러운 미래지요."

"……희망이 적건, 고통스럽건, 가능성이 제로가 아닌 한 포기해선 안 돼."

그렇게 말하고 내 어깨를 탁탁 쳤다.

"자아, 이 거리를 잘 봐. 이곳은 과거로 역행하는 거리야. 누구든 과거를 살아가고 있어. 근대적인 고층 빌딩은 눈을 씻고도 찾아볼 수 없잖니. 일본의 교토만 해도 새로운 빌딩이 있잖니. 파리도 그래. 그렇지만 이곳은 중세 시대부터 시간이 멈춰버린 거리야. 역사를 지키기 위해 미래를 희생한 거리."

나는 광장을 휙 둘러보았다. 확실히, 여기에는 새로 지은 건물이라고는 하나도 없다. 낡은 건물의 외관을 그냥 그대로 남겨두고 있다. 역사적인 미관을 손상하지 않도록 도시 전체가 보호받고 있다.

"거리뿐만이 아냐. 여기서 살아가는 사람들은 좀 과장해서 말하면, 이 거리를 지키기 위해 자신의 모든 것을 헌신해야만 해. 젊은 이들에겐 새로운 일거리가 없어. 우리처럼 문화재를 지키는 일이라든지, 관광업뿐이지. 게다가 터무니없이 비싼 세금 대부분이 이 거리의 복원에 충당되고 있어. 거리는 세월이 갈수록 노화되어가지. 복원해도 여전히 무너져 내려. 겨울은 춥고, 여름은 덥고. 그래도 이곳 사람들은 과거에서 살기를 원해. 적어도 미래 따위는 없으니까, 희망 제로가 아닌 미래라도 있으니 준세이는 행복한 거야."

그렇게 말하고 선생은 다시 발걸음을 옮기기 시작했다. 나는 선생의 뒤를 따라가다가, 광장을 나서는 순간 다시 한 번 쿠폴라를 돌아보았다. 아오이가 약속을 기억하리라는 생각이 들지 않았다. 그렇게 명확하게 약속한 게 아니니까. 농담처럼, 또는 불어가는 바람처럼…….

화구상에서 물건을 사고, 가게를 나서다 메미와 맞닥뜨렸다. 오늘은 무슨 바람이 불었는지 학교에서 돌아오는 길이라 한다. 조반나에게 메미를 소개하면서, 애인이라고 밝히지 않은 것이 메미의 신경을 건드리고 말았다. 그녀를 친구라 한 것이 메미의 기분을 상하게 한 것이다. 선생은 한눈에 메미가 기가 센 여자라는 것을 알아채고, 자신에게 돌아올 질투심을 미리 회피하려는 듯이 말했다.

"난 여기서 잠깐 볼일이 있어서, 이제 헤어져야겠군. 쥰세이, 그것만 공방에 가져다 두고 오늘은 그만 쉬도록 해."

메미 씨, 천천히 식사라도 하면서 즐기도록 하세요, 하고 선생은 등을 돌렸다. 우리 둘만 남게 되자 메미는 나를 내버려두고 선생과는 반대 방향으로 걸어가기 시작했다.

"왜 그렇게 어린애같이 굴어."

뒤를 따라가며 그녀의 옆얼굴을 향해 설득조로 말하자, 메미는 기세 좋게 얼굴을 홱 돌리며 따지고 들었다.

"어린애? 자기가 그렇잖아. 왜 '내 애인'이라고 소개하지 못하는 거야? 흥, 친구? 내가 언제부터 자기 친군데. 응, 언제부터. 여기는 이탈리아야. 왜 남의 눈치 보고 그래. 아무리 선생이라도 그렇지, 본인을 앞에 두고 친구라니, 실례라고 생각 안 해? 입장 바꿔놓고 생각해봐. 쥰세이는 그냥 친구일 뿐이에요……. 너무 심해. 비겁해. 자기가 그런 남자일 줄은 꿈에도 몰랐어."

나는 재료가 가득 든 포대를 고쳐 메고, 바람처럼 걸어가는 메미의 뒤를 황급히 따랐다. 스쳐가는 사람들이 그런 우리를 보고 미소 짓는다. 뒤를 돌아보니 멀어져가는 선생의 뒷모습이 눈에 들어왔다. 선생에게는 들리지 않았겠지만 지금 나는 제정신이 아니다.

"사람들이 보잖니. 목소리 좀 죽여."

"왜 이런 때만 일본 남자로 변해? 큰소리 내게 만든 건 자기잖아."

무슨 말을 해도 소용이 없었다. 할 수 없이 버럭버럭 화를 내는 메미 뒤를 가만히 따를 수밖에 없었다.

아오이와 교제하던 시절, 지금 메미처럼 행동하는 쪽은 항상 나였다. 아오이는 감정을 드러내지 않았다. 어떤 순간에도, 무슨 일이 있어도 누구보다 냉정했다.

그 당시 나는 메미 정도는 아니었지만, 남자로서 성숙하지 못한 채 풋내만 폭폭 풍기고 다녔다. 처음으로 내 마음을 모두 바친 상대여서 그랬는지, 어디서 얼마만큼 힘을 넣고 빼야 할지 가늠할 수 없었다. 단 한 순간이라도 아오이가 내게서 눈을 떼는 것을 허락할 수 없었다.

언젠가 미친 듯 질투한 적이 있었다. 아오이가 나도 모르는 남학생과 학교 계단에서 친밀하게 이야기를 나누는 모습을 본 직후였다. 조반나와 함께 있는 나를 본 메미도 그런 심정이었을 것이다. 일순 아오이가 어색한 표정을 지었다는 느낌이 들었고, 그때부터 내 마음은 질투의 화신으로 변해버렸다.

아오이는 그 남자에게 나를, 아가타 군, 이라 소개하고, 상대를 다케다 군, 이라고 같은 어조로 설명했던 것이다. 그러자 그 남자는,

"다케다 군? 좀 어색한데. 평소 때 하던 대로 하면 좋을 텐데" 하고 웃으며 말했던 것이다. 남자가 간 후, 나는 메미에 지지 않을 정도로 큰 소리로 아오이를 공격했다. 그 남자를 평소에 얼마나 친숙한 말로 부르느냐고 따졌던 것이다.

아오이는 여전히 냉정한 표정으로 질투의 화신으로 변한 나를 푸근히 감싸는 미소를 띠우며 낮은 목소리로 말했다.

"소꿉친구야."

그런 일방적인 싸움이 끊이질 않았다. 그러나 아오이는 늘 누나 같은 태도로, 격렬하게 질투하는 나를 달랬다. 지금 돌이켜보면, 그런 상태로 오래 간다는 건 불가능한 일이었다.

나는 후회하고 있다. 그러나 시간은 돌이킬 수 없는 것. 점점 앞으로, 앞으로만 나아갈 뿐이다. 나는 조금 떨어져 걷고 있는 메미의 등을 바라보며, 작고 긴 탄식을 뱉어낼 따름이었다.

메미와 나는 하릴없이 고도 피렌체 거리를 헤매다가, 아르노 강변에 있는 레스토랑으로 들어갔다. 창가 자리에 마주 보고 앉았지

만 여전히 메미는 엉뚱한 곳만 바라보고 있었다. 와인을 물처럼 마시는 걸로 봐서, 술기운을 빌려 한층 더 거세게 따지고 들 것 같았다. 그리고 메미는 두 사람이 도저히 먹어치울 수 없을 만큼 많은 요리를 주문했다.

메미는 우선 캐비지와 콩과 향미 채소를, 빵을 넣고 몇 시간이나 삶은 리볼리타를 먹어치우고, 흰 강낭콩 파스타로 위를 채우더니, 마지막으로 대표적인 토스카나 요리인 토마토를 곁들여 삶은 새끼소 위장, 트리파 알라 피오렌티나를 깨끗이 먹어치웠다. 도저히 여자애 하나가 먹어치울 양이 아니어서, 점원들도 눈을 동그랗게 뜨고 바라보았다.

나는 도중에 이제 그만하라고, 낮은 목소리로 달래보았지만, 그녀는 그 충고를 받아들이기는커녕, 내가 말을 하면 할수록 더욱 미친 듯이 입속으로 음식을 밀어 넣는 것이었다.

결국 거의 혼자서 와인 한 병을 다 비워버린 메미를 부축하여 그녀의 아파트까지 가야 했다. 왼손에는 화구가 든 포대를 들고, 오른손으로는 메미의 허리를 끌어안고, 어두워진 피렌체 거리를 걸어가야 했던 것이다.

참 이상한 일이지만, 이렇게 떼를 쓰는 메미가 그리 밉지 않았다. 얼마나 그녀를 좋아하는지, 나 자신도 확실히 알 수는 없었지만, 오히려 그녀가 어린애 같은 행동을 하면 할수록 아오이와는 다른 각도로 메미에게서 예전의 풋내 나던 나 자신의 냄새를 맡을 수 있었다.

메미의 온기를 오른팔에 느끼면서 그녀의 아파트로 이어지는 비탈길을 따라 올랐다. 몸에서 솟구치는 땀도 불쾌하지 않았다. 누군가를 위해 살아본 적이 없는 나를 반성하게 할 만큼, 지금의 내게 메미는 누구보다 인간미 넘치는 소박한 애인이었다.

아파트에는 인수가 있었다. 나는 사건의 전말을 그녀에게 상세히 들려주고 함께 메미를 침대로 옮겼다. 최후의 힘을 짜내 발버둥이 치던 메미가 잠들어버린 후, 나는 그녀에 대해 지금까지와는 다른 감정을 품게 되었다. 그것을 어떻게 표현하면 좋을까, 마치 아버지가 된 듯한 기분이랄까.

인수가 타주는 홍차를 마신 후, 나는 뒷일을 인수에게 맡기고 아파트를 나섰다. 화구를 들고 오른 언덕길을 누가 아래서 잡아당기는 듯한 기세로 내려왔다. 초여름 상쾌한 밤바람이 강 저편에서 불어와 나의 셔츠를 풍선처럼 부풀렸다. 땀이 식으면서 비로소 나는 깊은 숨을 몰아쉴 수 있었다.

공방의 문을 들어서면 삼각형의 작은 안마당이 나온다. 지붕도 없고 평소는 자전거 주차장으로 이용되는 돌이 깔린 정원을 조용히 나아갔다. 작업장에는 아직도 불이 켜져 있었다. 누군가 아직 남아 있는 모양이다. 손목시계를 보니, 열한 시를 넘어서고 있었다. 도둑일지도 모른다. 살금살금 다가가 안을 살짝 엿보았다.

불이 켜진 곳은 맨 구석 작업실이었다. 잠시 주저하다가 조심스럽게 안으로 발걸음을 옮겼다. 인기척이 났다. 숨죽인, 흐느끼는 듯한 목소리가 들려왔다. 안에서는 나의 존재를 눈치채지 못하는 것 같기도 해서, 호기심을 누르지 못하고 앞으로 나아갔다.

칸델라 불빛 아래 엉켜 있는 두 사람. 하얀 피부가 보였다. 선생일지도 모른다. 불건전한 상상을 하면서 눈을 똑바로 뜨고 살펴보았다. 소파에서 입을 맞추며 애무하는 두 그림자는 다카나시와 안젤로였다.

칸델라의 희미한 불빛이 두 사람의 얼굴 윤곽을 화폭의 그림처럼 어둠 속에서 떠올렸다. 이윽고 다카나시와 입을 맞추고 있는 안젤로와 눈이 마주쳤다. 안젤로는 눈을 크게 뜨고 경악했다. 다카나시의 후두부가 은밀하게 안젤로의 얼굴 반을 가리고 있었다. 나는 금방 움직일 수도 없고 해서 가만히 안젤로의 얼굴만 바라보고 있었다.

다카나시는 평소의 냉정함을 잃고 흥분한 채, 내게 등을 보이며 안젤로의 겨드랑이로 두 팔을 넣고 꽉 끌어안고 있었다. 애달피 호소하는 듯한 안젤로의 눈동자. 치부를 들킨 사람의 겁먹은 눈동자에 칸델라 불빛이 흔들리고 있었다. 나는 조용히 발걸음을 돌렸다. 그리고 화구를 책상 위에 올려놓았다. 그리고 다카나시가 눈치챌 정도로 큰 소리를 내며 발걸음을 옮겼다. 무엇이 나를 그렇게 불쾌하게 만들었을까.

현기증이 일고 숨이 가빠왔다. 사건다운 사건 하나 일어나지 않는 이 피렌체의 거리에서 내 주변만은 기묘한 빛을 발하고 있었다. 문 밖으로 뛰쳐나와 심호흡을 했다. 머리 위에서 둥근 달이 나를 내려다보고 있었다. 무슨 일이 벌어질 때면 늘 둥근 달이 머리 위에 떠 있었다.

그 이후로 얼마간 작업장에서는 잡담이 사라져버렸다. 때로 안젤로의 시선을 느끼기는 했지만, 다카나시는 철저히 나를 무시했다. 아무것도 모르는 선생이 작업장에 얼굴을 내밀고, "어쩐 일이야, 안젤로. 힘이 없어 보이네" 하고 놀렸다. 세 사람은 재빨리 시선을 돌리고, 말없이 자신의 일에 열중하는 척했다.

다카나시와 안젤로의 관계를 목격한 지 일주일 정도 지난 어느 날. 내가 혼자 남아 17세기에 활약한 프란체스코 코사의 유채화 복원을 위한 준비 작업으로, 엑스선 등을 이용하여 신중하게 조사하고 있는데, 조금 전에 퇴근한 안젤로가 얼굴을 내밀었다.

"이걸 봐. 이 지지체와 천에 남아 있는 오래된 바니스 수지를. 수지 성분 때문에 화폭이 경화되어버렸어."

화제가 그날 밤 일로 나아가는 것을 경계하며, 일부러 유채화 복원의 어려움에 대한 이야기로 선수를 쳤다.

"이대로 가면 화폭이 견뎌내질 못해. 벗겨낼 수밖에 없을 것 같아."

동의를 구하는 것도 아니었고, 그렇다고 혼잣말도 아니었다. 안젤로와 미묘하게 거리를 두면서, 가능한 한 그의 마음이 접근하지 못하게 하기 위해서였다. 그러나 안젤로는 그 자리에 꼼짝도 않고 서 있었다.

"아주 힘든 작업이 될 것 같아."

내가 안젤로의 얼굴을 바라보자 그는 작게 한숨을 뱉어냈다.

"그런 꼴을 보이고 이제 와서 변명해도 소용없는 일이지만, 사실 난 다카나시가 싫어."

안젤로의 눈동자는 실내의 빛을 받아 탁하게 빛나고 있었다.

그날 밤, 내 눈을 뚫어져라 바라보던 약간 돌출된 안젤로의 눈동자가 떠올랐다. 마치 불륜 현장을 들킨 애인처럼 당황해했던 것이다. 안젤로가 나의 존재를 눈치챘을 때, 다카나시는 아무런 반응도 보이지 않았는데, 과연 그는 나를 느끼지 못했을까. 아니면 안젤로보다 먼저 내 존재를 눈치채고, 일부러 그런 행동을 했던 것일까. 지금 생각해보면, 다카나시가 보였던 그때의 흥분은 남을 의식한 의도적인 행동이었던 것 같은 느낌이 든다. 그 이후, 안젤로의 불안한 태도와 달리 다카나시는 기묘할 정도로 냉정한 태도로 일관하고 있다.

"뜻하지 않게 그렇게 되었어. 저항했지만……."

마치 애인에게 변명이라도 하는 듯한 안젤로의 어투가 불쾌했다. 듣고 싶지 않았다. 그런 건 내게 아무 상관없다. 나는 묵묵히 작업에 열중했다. 안젤로는 꼼짝도 않고 그 자리에 선 채였다.

"난 다카나시가 아니라, 쥰세이, 네가 좋아."

나는 작업하던 손길을 멈추고 안젤로를 노려보았다.

"어이, 자네들 관계 속으로 날 끌어들일 생각 하지 마."

내가 단호한 어조로 말하자, 안젤로는 애원하는 듯한 표정으로 몸을 숙이고 두 손을 활짝 펼쳤다.

"아냐, 난 처음부터 쥰세이를 좋아했어."

나는 공방을 나가는 것이 좋을 것 같아 프란체스코 코사의 유채화를 정리하기 시작했다.

안젤로는 울상을 지으며 애타게 호소했다. 애절한 그 눈빛을 느끼면서도 나는 냉정하게 대했다. 유채화를 선반 위에 올리고, 나는 안젤로 곁을 스쳐 지나갔다. 안젤로는 공방 바깥까지 따라 나와 앞을 가로막고 섰다.

"안젤로, 난 한꺼번에 여러 가지 감정을 끌어안을 능력이 없는 사람이야. 난 지금 애인 하나만으로도 힘들어."

배에 잔뜩 힘을 넣고 단호하게 말하자, 안젤로는 어깨를 늘어뜨리고 창백한 얼굴에 크게 자리 잡은 눈동자에 눈물을 글썽였다. 나는 그의 어깨를, 선생이 늘 내게 그러듯이, 탁탁 두들겨주고는 그 자리를 떠났다.

공방 바깥 거리는 아직도 붐비고 있었다. 금요일이다. 베키오 다리에는 관광객이 넘쳐나고, 술에 취한 젊은이들의 노랫소리가 울려나오고 있었다. 바로 집에 들어갈 기분이 아니어서 아직도 토라져 있을 메미의 아파트로 향했다.

아르노 강의 검은 수면을 바라보며 낯익은 강변로를 따라 걸었다. 소형 자동차가 초스피드로 곁을 스쳐간다. 이 거리의 차들은 천천히 달리는 법을 모른다. 과거만이 가득한 거리에서 현대와 마주

할 수 있는 유일한 대상이 자동차일지도 모르겠다. 그 때문인지 드라이버는 마치 이성에 대해 걷잡을 수 없는 욕망을 표출하듯이 맹렬하게 달린다.

나는 걸으면서 또 아오이를 생각하고 있다. 우리는 자주 밤에 하네기 공원을 걸었다. 공원 옆에 있는 좁은 내 방이 지겨워지면, 여름날에는 과자와 맥주를 들고 산책을 나서는 것이었다. 동거는 아니었지만, 서로의 방을 열심히 오가곤 했다. 행복했다. 아오이를 내 마음에 가득 담아둘 수 있었으므로. 매일, 한순간도 떨어지지 않고 그녀는 내 곁에 있어주었다.

공원의 나지막한 언덕 위 긴 의자에 나란히 앉아 밤하늘을 뿌옇게 밝히는 달을 즐겨 바라보았다. 이 세계는 두 사람을 중심으로 돌아가고 있었다. 그녀가 있는 것만으로, 나는 뭐든 할 수 있을 것 같은 기분이 들었다. 그렇지만 아오이는 어떤 심경이었을까. 그렇게 행복한 시대를 살아가면서, 어딘가 미래를 신용하지 않는 듯한 쓸쓸한 표정을 보일 때가 있어서, 때로 나는 불안했다.

"사랑해."

처음으로 그 말을 했을 때가 언제였을까. 그 행복한 시간으로부터 그리 멀리 떨어지지 않은 어느 날. 그때까지 우리는 그 시대의 젊은이답지 않게, 좋아해, 라는 말을 주고받았었다. 그렇게 빈번하게 육체관계를 가지면서도 우리는 사랑이라는 말을 조심스러워했다. 아니, 그건 엄밀히 말해 우리가 그랬던 건 아니다. 아오이는 내 앞에서 '사랑'이라는 뉘앙스의 말을 사용해본 적이 없었다.

아무리 기다려도 아오이는 대답하지 않았다. 나는 불안해졌다. 그래서 따지듯이 물었다.

"날 사랑하지 않니?"

아오이는 시선을 피하며, 그렇지 않아, 하고 말했다.

"그렇지 않아, 라는 일본어를 어떻게 해석하면 돼?"

아오이는 당혹스러운 표정을 지었다. 사랑이라는 말을 소중히 여기는 양심적인 태도라고 생각할 수도 있었지만, 정반대로도 해석할 수 있었다. 그녀의 입에서, 사랑, 이라는 말을 확실히 듣고 싶었다.

"사랑한다고 말해주지 않을래."

더 이상 참지 못하고 닦달을 했다. 그제야 비로소 아오이는, 사랑해, 라고 말했던 것이다. 그것도 거의 들을 수 없는 작은 목소리로. 그렇게 기다리고 기다리던 말이었지만, 나는 그런 기쁨을 겉으로 드러낼 수 없었다.

학생회관 앞에서 그녀의 친구를 소개받았을 때를 떠올리고, 내가 모르는 곳에 또 하나의 다른 아오이가 있는 것 같은 생각이 들어 견딜 수 없었다.

나는 그 이후로 아오이에게 나에 대한 사랑의 확인을 요구할 수 없었다.

사랑이라는 말 그 자체가, 전형적인 사기 수법인 것처럼 생각되었다.

후회 없는 인생이 있을까. 나는 후회만 계속해왔다. 평생, 후회에서 벗어날 수 없을 것 같은 생각도 든다. 그런 생각을 하면 갑자기 다리가 무거워진다. 느슨하게 이어지는 오르막길을 올려다보았다. 굽어지는 길 중간쯤에 메미가 사는 아파트 불빛이 보였다. 나는 잠시 멈춰 서서 어떡할까, 하고 망설였다.

4

Il Vento Autunnale

가을바람

할아버지 아가타 세이지로부터 편지가 날아왔다.

쥰세이에게

잘 지내고 있느냐. 쥰세이가 이탈리아에 간 후로 갑자기 늙었는지, 몸도 쉬 피로하고, 건망증도 심해진 것 같구나. 이렇게 편지를 쓰는 것도 치매 예방을 위해서란다.

요즘 들어 여행하는 것도 겁이 나고, 또 여행을 못 하니 그림도 잘되지 않아 한참이나 작품 활동을 못 했구나. 그럼에도 화단의 인간관계는 더욱 깊어져, 별것도 아닌 모임의 이사직을 맡을 수밖에 없게 되었단다. 나이 순이라고 하니 어쩔 수 없는 노릇이라 그냥 그 자리를 받아들이긴 했지만, 모임에 참석할 때면 지겨워 어쩔 줄 모르겠다.

아무래도 의견 일치를 보기 힘든 건 이 나라의 정치나 화단이나 마찬가지인 모양이야. 예산 하나 짜는 데도 이런저런 말들이 많아서 며칠을 허송세월만 하고 있구나.

기누에가 요즘 들어 자리에 눕는 바람에 외출을 삼가왔지만, 네가 이탈리아에 있는 동안 최후의 모험을 감행해볼까 생각 중이다. 오래전부터 관심을 가져왔던 르네상스 회화를 시간을 두고 천천히 살펴보고 싶구나. 젊은 시절에 몇 번 이탈리아의 미술관을 둘러보았지만, 나이가 들었으니 그림 보는 눈도 달라지지 않았을까 해서 말이다. 아직 스케줄을 세운 건 아니지만, 화단의 모임이 유럽의 어떤 모임과 교류를 가질 계획이라 하니, 만일 체력만 허락한다면, 그 참에 네가 있는 곳을 방문해보고 싶다.

기요마사가 동행해주면 좋겠지만, 네 애비는 성격이 늘 그 모양이라, 돈도 내고 싶지 않고, 마음도 주고 싶지 않아서, 그냥 내키면 갔다 오라고 할 게 뻔한 일이야. 그래서 아무래도 혼자가 될 것 같다. 젊은 시절부터 전 세계를 돌아다닌 할애비라, 내년에 일흔다섯이라지만 이탈리아 정도는 자신이 있어. 피렌체 거리를 캔버스에 옮겨보고 싶구나.

그런데 너의 복원 작업은 잘되고 있느냐. 지난번 편지에서 15세기의 프레스코화를 복원하고 있다 했는데, 그것 정말 멋진 일이다. 과거를 미래에 전한다니, 얼마나 멋진 일이냐. 네가 뚜렷한 신념을 가지고 직업을 선택했다는 것이 얼마나 자랑스러운지 모르겠다.

너무 서둘지 말고 그 길에 정진해주기를, 아시아의 동쪽 끝자락에서 기도하마.

이제 날씨도 점점 추워지고 있다. 젊은 시절에는 몸이 유일한 재산이야. 소중히 하거라. 이만 총총.

9월 15일 아가타 세이지

몇 번이나 읽은 그 편지를 책상 서랍에서 꺼내, 침대에서 뒹굴고 있는 메미에게 보여주었다. 메미는 다 읽고 나서, 쥰세이 할아버지가 어떤 분인지 상상이 가, 하고 웃었다. 그리고 우리는 다시 한 번 결합했다.

열린 창문으로 밤바람과 함께 가을 기운이 밀려든다. 호흡을 할 때마다 가슴 깊은 곳에서 아릿한 아픔이 솟구쳐 올라, 옆에 잠들어 있는 메미의 얼굴이 더욱 사랑스럽다. 몇 번이나 격렬하게 안았지만, 그래도 성에 차지 않는다고 메미는 떼를 쓰다가 결국 피로에 지쳐 잠들고 말았다. 볼을 타고 흐르는 길고 검은 머리카락이 메미의 얼굴을 미묘하게 감추고 있다. 잠든 얼굴에 입을 맞추려고 가만히 손을 뻗치는데 갑자기 메미가 눈을 떴다.

"깨 있었니?"

"꿈꿨어."

"무슨 꿈?"

"쥰세이가 내 곁을 떠나는 꿈."

"맞는 꿈이야."

침묵이 흐른 후 메미는, 말도 안 돼, 하고 눈을 크게 뜨고는 내 목을 힘껏 끌어안았다.

달라붙어 떨어질 줄 모른다. 메미는 잠도 덜 깬 상태에서 내 얼굴을 마치 개처럼 핥는다. 나는 침에 젖은 얼굴을 옆으로 돌려버렸다.

그냥 그대로 메미는 내 위에 주저앉아 두 손으로 내 어깨를 찍어 눌렀다. 페니스 위에 허리를 내리고 천천히 움직이기 시작했다. 부드러운 그녀의 둔부가 자극적이다.

"피임부터 해야지."

메미는 내 목소리를 무시하고 허리를 움직였다. 그녀의 중심부가 느껴졌다. 이미 나를 받아들일 태세가 갖추어져 있었다. 페니스가 조용히 일어섰다. 예각을 그리며 그곳으로 빨려 들어간다.

"안 돼. 피임하지 않으면 안 돼."

또렷한 목소리로 그렇게 말했다. 메미는 분명 여전히 꿈을 꾸고 있는 게 틀림없었다.

"아기가 생길 거야."

내 목소리에 나도 놀랐다. 바로 그 순간, 기억의 저 깊은 곳에서 검은 외침이 들려왔다. 그것은 나의 목소리가 아니었다. 아오이의 목소리. 몇 번이나 꿈속에서 들었던 아오이의 목소리. 아오이는 통곡하고 있었다.

페니스의 끝이 그 굴곡진 곳으로 들어가려는 순간, 황망히 허리를 빼고 힘껏 몸을 돌리면서 메미의 손에서 벗어났다. 힘 조절을 못해 메미는 그냥 침대 뒤로 벌렁 나자빠졌다.

"걱정하지 않아도 돼."

일어서면서 메미가 말했다.

"왜?"

"아까 사정했잖아. 텅 비었을 텐데, 뭘."

"바보 같은 소리."

메미는 놀라면서 몸을 뒤로 뺐다. 내가 이렇게 화를 내는 모습을 본 적이 없었던 것이다. 오랜만에 큰 소리를 지른 탓인지, 심장은 언제까지고 혼자서 심하게 고동 치고 있었다. 압박감을 느낄 정도로 고막이 팽창했다. 두개골 내부에서 혈액이 격렬하게 흘러가는 것을 느낄 수 있었다. 큰북이 머릿속에서 울리는 듯한 느낌이었다.

아오이의 울먹이는 얼굴이 뇌리에서 떠나지 않았다. 그 모습이 메미와 겹쳐지면서 가슴은 찢어질 것 같았다. 떠올리기 싫은 기억이었다.

아오이와 나는 몇 번이나 붙었다 떨어졌다 했는지 모른다. 그것을 반복하는 사이에 오차가 생겨, 세심한 주의력을 잃고 말았던 것이다. 어떤 사건을 계기로 우리는 헤어졌지만, 그러나 사실은 그것으로 인하여 진실로 하나로 연결되었다 할 수도 있다. 다시는 연인으로서 살아갈 수 없지만, 평생 짊어져야 할 운명을 우리는 공유하고 만 것이다. 잘려나간 또 하나의 우리를 대신하여…….

"왜 그래?"

메미가 나를 빤히 쳐다보았다. 가만히 안겨온다. 메미는 가슴에 몸을 기대고 꼼짝도 하지 않는다. 들키고 싶지 않았다. 나는 먼 과거로부터 하루라도 빨리 날아오르지 않으면 안 되었다.

메미를 안은 채 몸을 한 바퀴 빙글 돌려, 이번에는 내가 위에 올라타고, 그녀의 잘생긴 핑크빛 입술에 키스했다. 위축되어버린 입술은 꽃망울 같았다. 나는 스스로를 고무하기 위해 그 입술에 집요하게 달라붙었다.

"괜찮아, 무리하지 마."

메미는 입술을 꼭 다물었다가 재빨리 그렇게 말했다.

"무리 같은 건 하지 않아."

그렇게 말하고 나는 천천히 메미의 몸을 눌렀다. 메미의 손이 내 볼을 가만히 감싼다. 이번에는 그녀의 입술이 다가와 내 입술을 빨아들인다. 우리는 오래 키스를 나눴다. 서로의 혀를 깊게 빨고, 입술을 떼고, 다시 깊게 빨고…….

또 한 번의 교접이 끝난 후, 메미는 벌거벗은 채 창가에 섰다. 밤하늘을 올려다보는 그녀의 뒷모습이 아름답다. 그녀에게는 수치가 없었다. 아무것도 숨기려 하지 않았다.

그러고 보면 처음부터 우리는 빛 아래서만 서로를 갈구했다. 아오이가 어둠 속에서만 갈구했던 것처럼. 이탈리아인의 피가 섞인 그 멋들어진 각선미를 자랑하고 있는 것도 아니다. 그녀는 육체뿐만 아니라, 마음도 늘 겉으로 드러내버린다.

"아빠를 만나러 갈까 해."

메미를 바라보려고 나는 몸을 일으켰다. 실내 등불을 받아 눈동자가 은은히 빛을 발하고 있다.

"밀라노까지?"

"응."

"이제야 결심이 섰군."

"응. 답답한 마음을 해소하려면 어떤 행동이라도 해야 될 것 같아서."

나는, 호오!, 하고 나도 모르게 감탄사를 발하고 말았다. 메미는 내게서 등을 돌렸다.

"밀라노까지 같이 가줄래?"

침대에서 내려와 메미 곁으로 걸어갔다. 나는 그녀의 옆얼굴을 빤히 쳐다보았다. 검은 눈동자가 은밀한 빛을 발하고 있었다. 기분 좋은 가을바람이 볼을 서늘하게 애무하고 있었다.

응, 가줄게, 하고 나는 낮게 중얼거렸다.

"미안해. 그렇지만 혼자서는 자신이 없어."

"괜찮아. 같이 가줄 테니까."

나는 다시 한 번 말했다. 메미는 몸을 돌려 내 가슴에 안겨왔다.

"살아 있는 동안 만나는 게 좋아. 내 어머니처럼 죽어버리면 만나고 싶어도 만날 수 없으니까. ……실제로 만나면 용서할 마음이 생길지도 몰라. 여기까지 와서 만나지 않으면 평생 후회할 거야."

메미의 몸이 식어가기 시작했다. 그녀의 가슴 고동이 내 가슴으로 전해져왔다.

"쥰세이, 아직 어머니를 기억하고 있니?"

메미의 목소리가 귀를 간질였다. 나는 고개를 가로저었다.

"나를 낳자마자 돌아가셨어. 사진으로밖에 보지 못했지만, 나랑 별로 닮지 않았더군. 난 아버지랑 닮았어. 그게 오히려 좋아. 거울에 비친 내 얼굴을 볼 때마다 어머니 생각이 나면 견딜 수 없을 테니까."

메미는 내 손을 당겨 침대까지 걸어갔다. 시트 안으로 기어들어가, 그녀는 내 등을 끌어안았다. 우리는 등과 배를 밀착시키고 깊은 잠에 빠져들었다.

다음 날 아침, 공방에서 전화가 걸려왔다. 제일 고참 복원사였다. 내가 한 달이나 복원 작업을 하던 프란체스코 코사의 작품을 누군가가 찢어놓았다는 연락이었다. 황망히 옷을 걸치고 메미를 혼자 남겨둔 채 무작정 아파트를 뛰쳐나갔다.

공방에 도착하자, 수련생들이 그림을 둘러싸고 있었다. 나는 그들을 밀치고 안으로 파고들었다. 사정없이 칼로 그은 엑스 자, 그림은 무참히 파괴되어 있었다. 입이 딱 벌어졌다. 앞으로 며칠만 있으면 완성이었다. 도대체 무슨 일이 벌어졌는지, 그 순간은 이해할 수 없었다.

역사적인 명작을 손상시켰으니, 공방은 그 책임을 면할 수 없을 것이다. 그와 동시에, 선생의 신용은 결정적인 타격을 받을 것이다.

다카나시가 왔다. 내가 눈을 내리깔고 아무 말이 없자, 그는 사건의 전말을 수련생으로부터 전해 듣고서는, 이게 무슨 일이야, 하고 큰 소리로 외쳤다. 다카나시가 미간을 찌푸리며 걱정스럽다는 제스처를 보이면 보일수록, 내 가슴속에서는 그에 대한 의구심이 부풀어갔다.

"누가 이런 짓을……."

다카나시의 어투가 몹시 의도적으로 들렸다.

"아침에 와보니 이렇게 되어 있더군."

처음 발견한 사람이 말했다.

"그 외에는?"

"아직 다 살펴보지는 않았지만, 달리 이상한 점은 없는 것 같고…… 없어진 그림도 없어. 선생이 손보고 있는 페루지노는 괜찮은데……."

"도대체 무슨 이유일까. 왜 이 그림만 노렸을까."

다카나시는 내 쪽을 보며 그렇게 말했다. 나는 억지로 마른침을 삼키고, 마음을 가라앉히려 애썼다.

"내게 원한이 있는 놈 짓이겠지."

다카나시를 보지 않고, 코사의 그림만을 보면서 나지막이 말했다.

"원한이 있다고 이런 짓을 할까? 범인은 맛이 간 놈이 아니면, 네게 지독한 원한을 품은 놈일 거야."

나는 큰 소리로, 네가 한 짓이잖아, 하고 외치고 싶은 기분을 억누르며, 크게 한숨을 쉬었다.

이번에는 안젤로가 얼굴을 내밀었다. 안젤로와는 그 이후로 대화다운 대화를 하지 않았다. 내가 피한 것이 아니라, 그쪽에서 나를 피했다. 안젤로는 무참히 잘려나간 그림을 보고 놀라는 표정을 지었지만, 그와 동시에 내 시선을 피하기도 했다. 그런 행동이 수상쩍었다. 안젤로와 다카나시가 한 통속이 되어 저지른 일인지도 모른다. 한 번 의심하기 시작하자 의구심은 끝도 없이 일었다.

선생은 출근하자마자 나를 다락방으로 불렀다. 나를 바라보며 선생은 어떻게 생각하니, 하고 물었다. 누가 범인이라고 생각하느냐는 뜻으로 받아들였다. 목젖까지 차고 올라오는 말이 있었지만, 다카나시와 안젤로의 이름은 말하지 않았다.

"큰일이야. 도둑의 소행이라면 어떻게든 협회 쪽에 변명이라도 할 수 있지만, 믿고 싶지는 않지만 우리 사람들 중에 범인이 있다면, 이 공방 전체의 신용은 결정적인 타격을 입을 거야. 숨길 수도 없고. 이미 코사는 찢어져버렸으니."

선생의 당혹감이 그대로 내 가슴에 전해져왔다. 그녀가 이렇게 동요하는 것은 본 적이 없다.

"이제 어떡하지요?"

"잘은 모르겠지만, 아마 큰 소동이 벌어질 거야. 우선 경찰에 연락해서 수사를 의뢰해야겠지. 이런 일을 숨길 수야 없으니까. 범인은 그걸 노렸을지도 몰라."

오후, 경찰의 조사가 시작되고, 첫 발견자와 어제 마지막까지 작업을 한 사람에 대한 조사가 행해졌다. 물론 경찰은 내게 가장 많은 질문을 던졌다. 누군가에게 이 공방에 대해 원한을 살 만한 일을 한 적은 없는지, 이런 짓을 할 만한 사람에 대해 짐작 가는 데는 없는지를 물었다.

그림 주인과 복원협회 사람들이 연달아 방문하고, 선생과 금후의 일을 협의했다. 그것만으로 수습될 수 있는 그런 일이 아니었다. 사건다운 사건 하나 일어나지 않는 피렌체에 오랜만에 일어난 사건이었다. 신문이나 텔레비전이 가만있을 리가 없었다. 신문기자와 텔레비전 방송국 사람이 찾아와서 냄새 나는 곳은 없나 하고 주위를 배회했다.

다음 날 신문에는 〈프란체스코 코사의 비극〉이란 표제로 그 사건이 크게 보도되었고, 선생은 얼굴 사진까지 신문에 게재되었다.

범인 내부설을 주장하는 상상력 풍부한 기자도 있었다. 거기에는 나와 다카나시, 안젤로의 이름은 나오지 않았지만, 내부 사람이 읽으면 누구를 지목하는지 알 수 있는, 자세한 공방 내의 인간관계가 실려 있었다.

다른 기사에는 선생의 과거 남성 편력까지 실려 있었다.

결국 코사의 복원은 내 손에서 떠나게 되었다. 찢어진 그림의 복원 작업은 경찰의 감정이 끝나는 대로, 다른 공방으로 넘겨지게 되었다. 선생은 의기소침하여 말수가 적어졌다.

사람을 의심할 수 없는 성격 탓에, 신문에서 주장하는 내부 범행설에 대해 당혹감을 감추지 못하였다. 그녀의 신경을 갉아먹는 나날이 계속되었다. 그래도 원래가 강단이 있는 사람이라 제자들 앞에서는 나약한 표정을 보이지 않았다.

외부의 잡음에 지지 않고 선생은 그럭저럭 일상의 업무를 완수해 나갔다. 그녀의 인격을 아는 사람들이 선생의 재능을 매장시킬 수 없다고, 이전보다 더 많이 일을 발주해주었기 때문에 공방은 경제적인 타격을 받지 않고 지낼 수 있었다. 동료를 위해주는 이탈리아인의 의리가 돋보였다.

며칠 후, 퇴근 준비를 하는 내 앞을 안젤로가 겁먹은 표정으로 가로막고 섰다. 그리고, 나를 의심하고 있지, 하고 중얼거렸다. 그의 눈을 똑바로 보지 않고, 도구들을 가방 안에 챙겨 넣었다.

코사 복원 작업이 중단되자 나는 당분간 큰 업무에서 해방되어, 저녁까지 훈련생 지도로 시간을 보내고, 때로는 경찰의 부름을 받기도 했지만, 대체적으로 정확히 정해진 시간 내에 퇴근할 수 있었다.

"쥰세이는 내가 범인이라고 생각하겠지. 그런 눈으로 나를 보지 말아줘. 그 사건 이후로 내게는 눈길도 주지 않잖니. 내가 복수하려고 그런 짓을 했다고 생각하겠지."

나는 천천히 자리에서 일어섰다.

"복수라니, 무슨 말인지 모르겠는데. 내가 자네를 무시한 것?"

안젤로는 입을 오물거렸다. 황망히 시선을 아래로 돌리며 입을 꾹 다물어버렸다. 나는 안젤로의 곁을 스쳐 지나갔다. 메미와 식사 약속이 있어서 서둘러야 했다. 그뿐 아니라 일 초라도 빨리 안젤로의 우울한 얼굴에서 떨어지고 싶었다.

그가 따라오는 것을 느낄 수 있었다. 서둘러 나가려고, 현관문을 힘껏 잡아당기는데 저녁 식사를 마치고 들어서는 다카나시와 마주쳤다.

다카나시는 안젤로와 나를 번갈아 바라보더니 입술을 비틀며 웃었다.

“벌써 가니?”

다카나시의 목소리에는 가시에 돋쳐 있었다.

“일거리가 없으니 어쩌겠어.”

억누르고 있던 분노가 가슴속에서 솟아오르기 시작했다. 내가 정신을 차렸을 때는 이미 주먹이 날아가고 있었다. 다카나시는 내 주먹을 피하지 못하고, 코를 움켜쥔 채 뒷걸음치더니 스티로폼 더미 위로 나자빠졌다.

“까불지 마.”

나는 일본어로 그렇게 외치고, 그대로 다카나시를 덮쳤다. 안젤로가 등 뒤에서 나를 끌어안았지만, 나의 분노는 사그라지지 않았다. 여태 참고 참았던 분노가 두 주먹에 실려 한꺼번에 폭발을 일으키고 있었다.

스티로폼 조각이 허공으로 튀어 올랐다. 안쪽에서 작업하던 훈련생들이 달려 나왔다. 나는 내 자신이 놀랄 정도로 큰 소리를 질러

댔다.

소동을 듣고 다락방에서 아래로 내려온 선생이 훈련생들의 손에 잡힌 나와 다카나시를 뚫어져라 바라보고 있었다. 무언의 질타가 오히려 더 아팠다. 선생은 화를 내지도 않고 연민에 가득 찬 눈길로 언제까지고 나를 조용히 내려다보는 것이었다.

냉정을 찾으면서, 나는 스스로의 행동에 대해 어이가 없어졌다.

"왜 그렇게 어리석니."

선생은 내 등을 향하여 그 한 마디를 남기고 자신의 아틀리에로 돌아갔다. 그 뒷모습은 여태 내가 보았던 그녀의 모습 가운데 가장 처량하고 가냘팠다.

가을이 깊어갈 즈음, 나는 선생에게 부탁하여 긴 휴가를 받아, 메미와 함께 그녀의 아버지를 찾으러 밀라노로 향했다. 메미뿐만 아니라 나도, 기분 전환이 필요했다.

인수의 도움을 받아 우리는 짐을 챙겼다. 일주일 정도의 여행이었지만, 짐은 슈트케이스 하나로 족했다. 그녀는 처음 떠나는 이탈리아 국내 여행 탓인지, 아버지를 찾으러 간다는 여행의 목적도 잊은 듯이 즐거워했다. 일부러 그렇게 떠들어대는지도 모를 일이다. 가고 싶은 데가 너무 많아, 하고 즐겁게 떠드는 메미의 얼굴에서 웃음이 가실 줄 몰랐다.

"산피오네 공원, 비토리오 에마누엘레 2세의 미술관, 스포르체스코 성, 맞아, 산타 마리아 델레 그라치에 성당에도 가보고 싶어."

메미의 명랑함이 유일한 빛이었다. 그녀의 천진난만한 성격에 나는 구원받고 있었다. 인수도 덩달아 웃어주었다.

"산타 마리아 델레 그라치에 성당."

나는 가이드북을 들여다보며 중얼거렸다.

"아마 거기에 레오나르도 다 빈치의 〈최후의 만찬〉이 있을 거야."

인수가 말했다. 메미가 놀라면서 정말이냐고 물었다.

"맞아. 그리고 〈최후의 만찬〉은 지금도 역사적인 복원 작업이 진행되고 있어. 난 한 번도 본 적이 없는데 잘됐어."

나는 다시 한 번 입속으로, 산타 마리아 델레 그라치에 성당, 을 마치 주문을 외듯 중얼거리고 있었다.

5

L'ombra Gragia

회색 그림자

우리를 태운 국제 특급은 예정대로 오후 네 시에 밀라노 중앙역에 도착했다. 가을이 깊어가는 북유럽의 대도시는 낮은 구름에 덮여 우중충했다.

생각지도 않은 서늘한 날씨에 얇은 옷 한 벌 차림의 메미는 역을 나서자마자 팔을 문지르기 시작했다. 지면을 타고 솟구치는 싸늘한 바람이 그녀의 머리카락을 허공으로 날렸다. 메미는 바람에 세수라도 하는 듯이 얼굴을 마구 저으며 얼굴을 가리는 머리카락을 뒤로 흩뿌렸다. 왜 이렇게 어두워, 하고 메미는 내 어깨에 볼을 누르며 중얼거렸다.

기후 탓인지 이 일대는 이탈리아라기보다는 유럽적인 음울한 인상을 주었다. 눅눅한 공기가 역사적인 건조물의 딱딱한 표면에 달라붙어, 한층 더 중후한 느낌을 주었다. 사람들도 호주머니에 손을 넣은 채 빠른 발걸음으로 역 구내로 밀려들고 있었다. 밀라노 사람들의 표정에는 어딘가 도쿄 사람들 비슷한 험악함이 엿보였다.

우리는 택시를 잡고 중심가에 있는 호텔로 향했다. 국제 특급 안에서는 그렇게 명랑하던 메미였지만, 아버지가 사는 밀라노에 도착하고부터는 입 한 번 벙긋하지 않았다. 택시 차창으로 흘러가는 도시의 풍경을 바라보면서 입을 일자로 꼭 다물고 있었다. 나는 나대로 피렌체의 악몽 같은 몇 주일이 가슴에 찌꺼기처럼 남아, 밀라노의 음울한 기후처럼 아래로 깔려 있었다.

두오모에 가까운 번화가 호텔에 체크인 하고 방에 들어섰을 때는 이미 어둠이 내려 있었다. 작은 창을 통해 메미는 도시의 거리를 멍하니 바라보고 있었다. 현대식 건물이 창을 가로막은 채 서 있어 시가지 풍경은 보이지 않았다.

"이 거리에는 정이 들 것 같지 않아."

메미는 그렇게 중얼거렸다. 나는 창밖으로 얼굴을 내밀고, 사방이 빌딩으로 가로막힌 밀라노의 손수건만 한 밤하늘을 올려다보았다. 아무것도 보이지 않았다. 구름은 도착했을 때보다 더 짙게 깔리고 있었다. 반대편 빌딩 옥상에서 점멸하고 있는 일루미네이션의 약한 불빛이 수 초 간격으로 하늘색을 바꾸어놓고 있을 따름이었다.

창을 닫고, 방 쪽으로 몸을 돌렸다. 메미는 침대 위에 큰대자로 누워 있었다. 두 팔과 두 다리를 한껏 벌리고, 눈 한번 깜빡이지 않고 뚫어져라 천장을 바라보고 있었다.

"텔레비전이라도 켤까?"

침대에 앉으며 물었다.

"괜찮아."

아무런 감정도 없는 목소리로 그렇게 말하고, 메미는 눈을 감아버렸다. 나는 트렁크를 열고, 내용물을 꺼냈다. 옷은 옷걸이에 걸었다. 그녀의 화장품 가방과 내가 읽던 책은 테이블 위에 올려놓았다. 가지고 온 소형 카세트에 바하의 피아노곡 테이프를 넣고, 스위치를 눌렀다. 섬세한 피아니스트의 손가락이 마치 시인이 언어를 자아내듯이 건반 위를 우아하게 오가며 선율을 만들어가고, 실내는 은은한 향기에 감싸이는 것 같았다.

메미가 한숨을 내쉬었다.

"여기까지 와서 이런 말 하면 뭣하지만, 아버지, 만나지 말까 봐."

"왜 그러니, 이제 와서. 만나는 게 좋아."

메미는 자신을 향해 말하듯이 나지막이, 왜, 하고 중얼거렸다. 그냥, 하고 나는 대답도 아닌 대답을 던졌다. 침묵이 두 사람을 감쌌다. 피아노 선율만이 조용히 허공을 맴돌았다.

메미가 내 무릎에 머리를 올렸다. 우뚝 솟은 코, 커다란 눈동자, 오른쪽 눈만 쌍꺼풀진 눈, 그리고 엷은 입술. 이런 자세로 내려다보니 새삼 미인이라는 생각이 들었다. 우피치 미술관에 있는 보티첼리가 그린 비너스와 닮았다. 늘 어린애처럼 명랑하게 떠들어대는 성격 탓에, 이렇게 얼굴을 자세히 들여다볼 틈이 없었다. 그녀는 아직 자신의 아름다움을 느끼지 못하고 있다. 그게 오히려 더 좋았다.

"만나서 무슨 말을 하면 좋을까. 그쪽에는 새로운 가족도 있을 테고, 게다가 난 버림받았잖아. 정작 용기를 내서 만났는데, 왜 왔느냐고 하면 어떡해. 너무 비참하잖아."

메미는 물결치는 검은 머리카락을 쓸어 올렸다. 그녀의 기분을 알 것 같았다. 자신이 불필요한 존재임을 깨닫는 순간의 충격을 상상하고 두려워하고 있는 것이다.

메미는 작게 한숨을 내쉬고, 내 무릎에 볼을 부볐다. 그러고는 허리에 손을 두르고 꼼짝도 하지 않았다.

살풍경한 방. 인공적인 근대 건축의 구멍. 우리가 빌린 방은 몇 주일이나 머물 수 있을 만큼 넓지 않았다. 밀라노에 도착하고부터 느끼던 폐쇄감은 조잡한 근대 건축물들이 역사적인 건축물 틈을 뚫고 들어온 탓이다.

피렌체에는 근대 건축은 하나도 없다. 그러나 이곳 밀라노에는 중세의 건축물과 근대적인 것이 혼합되어 있다.

유적과 역사적 유산을 끌어안고 있으면서도, 한편으로는 세계 최첨단 패션 발신지이기도 하다. 그러나 이 거리에는 피렌체와 같은 통일감이 없어, 오히려 최첨단 문화가 인간을 오염시키는 듯한 느낌을 준다.

그런 느낌도 내가 과거를 다루는 복원사라는 직업을 가진 탓이리라. 미래를 향하여 활동적으로 살아가는 사람들에게 이런 말을 하면 화를 내겠지만, 복원을 거부하는 강인함과 야심적인 새것에 마음을 빼앗긴 도시적인 분위기에는 늘 차가움이 감돈다.

우리가 숙박하는 호텔이 가장 좋은 예가 된다. 습기 차고 냄새 나는 침대, 벽에는 예술의 나라 이탈리아와는 전혀 어울리지 않는 조잡한 석판화가 장식되어 있는데, 카펫은 오히려 새롭다. 무엇보다 방이 콩알만큼 좁아서 피렌체의 내 방에 비한다면 이런 무기질적인 분위기는 형무소의 독방이나 다름없다.

우리는 저녁을 룸서비스로 시켜 먹고, 샤워를 한 다음 일찍 침대에 들었다. 메미는 잠이 오지 않는지, 차가운 발끝을 내 허벅지 틈으로 밀어 넣고, 가슴에 안겨 한참이나 꼼지락거리다 어느새 잠이 들어버렸다.

나사가 풀어진 욕실의 수도꼭지에서 떨어지는 물방울 소리에 귀를 기울이는 사이에 나도 잠에 빠져들었다.

꿈속에서 내 품에 안겨 잠든 사람은 아오이였다. 낮에는 말짱한 정신으로 살아가다가, 밤만 되면 무서운 꿈을 꾸고 몇 번이나 잠에서 깨어나 어린애처럼 가슴에 안겨온다. 왜 그러니, 하고 묻자, 무서운 꿈을 꿨어, 하고 몸을 부르르 떨었다. 사람들이 점점 줄어들어, 하고 말했다. 다들 죽어가, 아는 사람이 갑자기 변했어, 나를 모른대, 쥰세이가 죽었어, 다른 사람이 내게 전해줬어.

그녀는 꿈을 떠올리며 울고 있었다. 결의에 가득 찬 낮의 표정과는 정반대로 나약한 인간의 모습을 드러내고 있었다. 아오이는 지금도 그런 무서운 꿈을 꾸고 누군가 곁에 있는 사람의 품에 안기는 것일까. 그녀를 안는 사람이 부러웠다.

한밤중에 그녀에게 넉넉한 가슴을 빌려줄 수 있는 남자가 얼마나 행복한지, 당시의 나는 몰랐다.

내 가슴에 달라붙는 메미의 촉감에 현실로 돌아왔다. 그녀의 달콤한 몸 냄새가 코를 간질였다. 지금 여기가 밀라노라는 사실을 깨달았다. 메미의 등을 쓰다듬어주었다. 그리고 조용히 안아주었다. 쥰세이, 하고 메미는 잠꼬대로 내 이름을 불렀다. 그녀의 이마에 입을 맞추었다.

밀라노의 일정은 일주일이었지만, 메미는 도무지 아버지를 만나려 하지 않았다. 부티크 거리에서 윈도쇼핑을 하거나, 근처를 산책하며 시간만 죽였다. 어쩔 수 없는 일이라 메미의 마음이 정해질 때까지 나는 다그치지 않기로 했다.

나는 나대로 이번 기회에 찾아가보고 싶은 곳이 몇 군데 있었다.

밀라노에 도착한 다음다음 날, 산타 마리아 델레 그라치에 성당 곁에 있는 건물에 갔다. 그곳은 그 옛날 수도승의 식당이었다. 이 성당을 세계적으로 유명하게 만든 것은 이 작은 건물 속에 있는 레오나르도 다 빈치의 〈최후의 만찬〉이다.

우리는 맨 뒷줄에서 입장 차례를 기다렸다. 삼십 분 이상 기다려서 이윽고 안으로 들어갈 수 있었다. 마치 세균 연구 시설이나 원자력 시설을 연상케 하는 몇 겹의 문을 지나, 작고 기다란 체육관 넓이의 실내로 들어섰다. 그 옛날의 대식당이었다는 그 건물의 막다른 벽면에 그 그림은 당당한 자태를 드러내고 있었다. 나는 앞으로 바짝 다가섰다.

멋진 투시도법에 의한 중세의 그림이 걸려 있었다. 르네상스 시대에 고안된 이 투시도법은 그야말로 이 그림을 위해 생겨난 것이라고 내 멋대로 규정하면서, 레오나르도 다 빈치의 재능에 탄식하지 않을 수 없었다.

그림 양쪽에는 제2차 세계대전 후부터 지금까지 계속되어온 복원 작업용 사다리가 걸려 있었다.

"책에서 본 〈최후의 만찬〉과는 너무 달라."

내 뒤를 따라온 메미가 그렇게 중얼거렸다. 아마추어의 눈에는 그렇게 보일 수밖에 없을 것이다. 색이 너무 심하게 바래, 마치 색이 빠져버린 수채화처럼 보이기 때문이다.

그러나 복원 전문가인 내게는 마치 마법과도 같은 사건이었다. 레오나르도 다 빈치가 당시 이 그림에 사용한 물감은 템페라 포르테라는 일종의 유채인데, 당시로서는 획기적인 방법이었다. 그러나 그림을 오래 보존하는 데는 적절치 못한 물감이라, 이미 레오나르도 다 빈치 살아생전에 퇴색하기 시작했던 것이다.

게다가 17세기에는 그림 중간을 절개해서 부엌으로 통하는 문을 만들었고, 프랑스 점령하의 1800년에는 이 식당이 프랑스 군의 식량 창고로 쓰이기도 했다. 게다가 제2차 세계대전 중에는 건물 자체가 폭격을 맞기도 했다.

그런 시간적, 인공적 침식을 받으면서도 이 그림이 지금 많은 사람들 앞에 온전한 모습을 드러내고 있는 것은 몇 십 년에 걸친 치밀한 복원 작업이 있었기 때문이다. 복원사들의 성실한 노력과 치밀한 솜씨가 세계의 유산을 지켜낸다는 것을 생각하며 나는 자부심을 느꼈다.

"이렇게 희미한 〈최후의 만찬〉도 나쁘진 않아."

나도 모르게 메미를 돌아보며 강한 어조로 그렇게 말했다. 메미는 나를 보며 미소 지었다.

"기초적인 것, 하나 물어봐도 돼?"

나도, 응, 하고 웃어 보였다.

"이 그림은 뭘 그리고 있는 거야?"

학교에서 뭘 배웠니, 하고 되묻자, 메미는 그걸 여태 어떻게 기억하니, 하고 뾰루퉁해졌다.

"너희들 가운데 나를 배신한 자가 있다고 그리스도가 말한 직후, 제자들의 경직된 반응을 그린 거야."

"아, 유다!"

"그래, 유다."

나는 그 순간 무참히 파괴된 프란체스코 코사의 그림을 떠올리고 말았다. 선생의 제자 가운데에도 유다가 섞여 있는 것이다. 나는 피렌체로 돌아가면 무엇보다 먼저 그 배신자를 찾아내지 않으면 안 된다. 다카나시와 안젤로의 얼굴이 떠올랐다. 아니면 내가 전혀 모르는 인물이 그 음모의 핵심일지도 모른다.

한 시간 정도 거기서 〈최후의 만찬〉을 살펴본 후, 밖으로 나왔다. 나를 따라다니느라 지겨워진 메미는 밖으로 나오자마자 기지개를 켜며 크게 하품을 했다.

일본인 관광객들처럼 브랜드 제품을 살 돈도 없었기에, 그다음 날 우리는 미술관 순례를 하게 되었다. 점심을 호텔 바로 옆의 레스토랑에서 해결한 우리는 우선 폴디 페촐리 미술관으로 향했다.

스칼라 광장에서 만초니 거리로 가면 그 오른편에 아담한 건물이 하나 나온다. 그 주변은 유서 깊은 저택지로, 이 미술관 자체도 개인의 저택을 개조해서 만든 것이다. 밀라노 저택 특유의 기다란 문을 뚫고 안으로 들어가자 한적한 안마당이 나왔다. 공기가 아래로 깔린 듯한 한적함은 밀라노 시가지의 훤소를 마치 환상처럼 느끼게 했다.

전시품들은 한결같이 나를 흥분시키는 것뿐으로, 초기 르네상스기에 피렌체에서 활약한 폴라이우올로의 〈여자의 초상〉을 비롯하여, 보티첼리의 〈성모와 아기 예수〉, 지오반니 벨리니의 〈그리스도의 변모〉 등이었다.

나아가 폴디 페촐리 미술관에서 북으로 약 이백오십 미터 정도 떨어진 장소에 장려한 궁전을 이용한 브레라 미술관이 있었다. 15세기에서 18세기에 걸친 롬바르디아파와 베네치아파의 그림이 수집되어 있는데, 그곳은 그야말로 르네상스 미술의 보고였다. 메미의 존재도 완전히 잊은 채, 나는 혼자서 앞으로 앞으로 나아갔다.

그런데 우리가 라파엘로가 스물한 살 때 그렸다는 〈마리아의 결혼〉

앞에 섰을 때, 메미는 갑자기 아버지를 만나러 가겠다는 말로 나를 놀라게 했다.

그녀는 그림에 몇 걸음 더 다가서더니 입을 열기 시작했다.

"……아빠는, 구두 디자이너였대. 이십 대 후반에는 꽤 명성도 있었고, 아주 유명한 영화감독의 의상 디자인도 했었대. 엄마 말로는, 재능이 뛰어난 사람이었대. 그렇지만 그 이상은 아무 말도 해주지 않았어…….

엄마랑 교토에서 만나 사랑을 나눴고, 교제한 지 얼마 안 돼 나를 임신했지만, 두 사람의 사랑은 오래가지 못했어. 두 사람은 서툰 영어로 의사소통을 했대. 자기 마음을 서로에게 잘 전달하지 못했던 모양이야. 교토는 피렌체 비슷해서 사람을 배척하는 분위기가 강한 동네라, 일본어를 잘 모르는 아빠는 무척 고독했던 모양이야. 엄마가 보기에는 향수병에 걸린 것 같았다 했어. 결국, 두 사람은 정식으로 결혼도 하지 않고 그냥 헤어지게 되었어."

처음 듣는 이야기였다. 그렇게 말하기 좋아하는 메미가 여태 한 번도 꺼낸 적이 없는 자신의 출생 배경을 이야기해주었던 것이다. 이야기가 끝나자 입을 꼭 다물고, 결의에 찬 표정으로 한숨을 토해냈다. 그리고 호주머니에서 종잇조각 하나를 꺼내더니 내 손에 건네주었다. 연필 자국이 희미해서 읽기가 힘들었지만, 거기에는 주소와 아버지의 이름으로 보이는 스펠링이 날아갈 듯 적혀 있었다.

"몇 년 전 주소라 아직 거기 있는지는 몰라."

메미는 그렇게 말하고 내 쪽을 돌아보았다. 눈동자가 가늘게 흔들리고 있었다. 나는 다른 사람 눈길은 아랑곳하지 않고 메미를 꼭 끌어안았다. 누구에게도, 아무리 행복해 보이는 사람이라 해도, 살아가는 과정에 어두운 그림자 한둘은 끌어안고 있는 것이다. 나는 몇 사람분의 쾌활함을 가지고 있는 메미의 가슴에 깃들인 그 어두운 그림자가 너무도 사랑스럽게 느껴졌다. 그것은 나 자신의 인생과도 겹치는 회색 그림자이기도 했다.

만초니 거리까지 걸어서, 택시를 잡아타고 주소를 내밀었다. 미술관의 공중전화에 들어가 주소의 전화번호를 알아보려 했지만, 등록되어 있지 않았다. 차는 밀라노 시내, 포르타 가리발디 역 서쪽으로 펼쳐지는 기념묘지 뒤편에 멈춰 섰다. 운전사는 이 부근이라고, 광장 주변을 손가락으로 가리켰다. 우리는 차에서 내려 걷기 시작했다. 가랑비가 내리기 시작했다. 우산이 없는 우리는 비를 피하기 위해 더욱 발걸음을 빨리했다. 발걸음이 느린 메미는 나를 따라오느라 잰걸음으로 달리다시피 해야 했다. 그러나 무엇이 두려운 모양인지 문득 멈춰 서서 망설이다가, 내가 부르면 다시 달려오곤 하였다. 목적한 주소지에 도착했을 때 우리는 흠뻑 젖어 있었다.

몇 갈래 길이 교차하는 골목 끝에 있는 아파트가 바로 그 주소지인 것 같았다. 결코 호화로운 아파트는 아니었다. 그러나 그 건물에는 중세풍의 조각이 서 있어서 멋있어 보였다. 낙엽을 다 떨어뜨린 키 큰 나무가 광장에 우뚝 서 있었다. 가지에는 여기저기 색 바랜 나뭇잎 몇 개가 남아 있었지만, 바람이 불 때마다 허망하게 몸을 흔들며 허공으로 날아올랐다.

아파트를 올려다보며, 메미는 중얼거렸다.

"역시 난……."

나는 일단 보도로 나아가 주변을 둘러보았다. 골목 하나 건너에 가게 하나가 눈에 들어왔다. 그곳을 손가락으로 가리키며 가서 기다리라고 메미의 등을 밀었다.

"어떻게 할 생각인데?"

"먼저 내가 만나볼게."

메미는 내 눈동자를 가만히 들여다보았다.

"일단 내가 만나서 판단해볼게. 어떤 느낌이 오는지 한번 보는 게 좋을 거 같아. 알겠니?"

메미는 잠시 망설이다가 작게 고개를 끄덕였다. 부담스러운 일이기는 하지만, 지금 메미의 상태로 보아 제 손으로 초인종을 누를 수는 없을 것 같았기 때문이다. 가게로 향하는 그녀의 뒷모습을 잠시 지켜본 후, 나는 아파트 앞에 걸린 문패를 마주 보고 섰다.

문패 옆에 달린 초인종을 확인했다. 가능한 한 사무적으로 일을 처리할 수밖에 없었다. 이럴 때일수록 쓸데없이 망설이거나 감정에 휩싸여서는 안 된다. 나는 버튼을 눌렀다. 대답이 없어서 다시 한 번 눌렀다. 이번에는 조금 오래 눌렀다. 그러자 기계적인 잡음이 울린 후, 어린아이 목소리가 소형 스피커를 통해 들려왔다.

누구?, 하고 아이들이 시끄럽게 떠들어댔다. 아빠 있니? 나도 모르게 당황해서 목소리가 흔들리고 말았다. 마치 나 자신이 아버지를 찾아온 듯한 느낌이 들었다. 기억 날 듯 말 듯 내 몸에 남아 있는 어머니의 촉감이 되살아나는 것 같아 머리 위로 피가 솟구쳐 올랐다.

"누구시오?"

이윽고 굵고 낮은 남자 목소리가 들려왔다. 나는 한 번 호흡을 가다듬은 다음, 일본에서 온 아가타라고 내 소개를 했다. 남자는 침묵했다.

"당신 딸 친굽니다. 지금 밀라노에 같이 와 있는데, 괜찮으시면 한번 만나봐 주시지 않겠습니까."

남자는 잠시 망설이더니, 잠깐 기다려달라고, 지금 내려가겠다고 하고는 일방적으로 인터폰을 끊어버렸다.

메미의 아버지는 분명 심하게 동요하고 있었다. 그러나 분명 거절은 하지 않았다. 얼굴을 보고 이야기를 나누면, 분위기도 밝아질 것이다.

나는 보도까지 내려가서, 메미가 기다리는 가게 쪽을 보고, 아파트 위쪽으로 시선을 돌렸다. 안개비가 회백색 하늘에서 흩뿌리고 있었다. 헤아릴 수 없이 많은 안개비 방울방울이 얼굴에 달라붙었다. 눈을 감고 가만 서 있었다. 차가운 비가 오히려 마음을 편안히 가라앉혀 주었다. 볼을 타고 빗방울이 흘러내리기 시작했다.

자살한 어머니를 생각해보았다. 나를 남겨두고 죽은 어머니를, 그 옛날 어린 시절, 나는 원망한 적도 있었다. 성장한 지금은 불쌍하다는 생각뿐이다. 죽음을 서둘지 않고, 내가 성장하기를 기다려주었다면, 내가 상처 입은 어머니의 마음을 어루만져주었을 텐데, 그것만이 애달팠다.

문 열리는 소리에 제정신으로 돌아왔다. 현관에서 중년 남자 하나가 감색 카디건을 입고 나타났다. 부오나 세라. 남자는 주위를 둘러보더니, 메미는?, 하고 일본어로 물었다. 내가 가게 쪽을 돌아보자, 메미의 아버지는 그쪽으로 달려갔다. 그 표정은 굳어 있었지만, 딸에 대한 애정은 결코 식지 않았음을 말해주고 있었다.

바로 그 뒤를 따랐다. 빗줄기가 점점 굵어지기 시작했다. 손바닥으로 얼굴을 닦고, 앞서가는 메미 아버지의 등을 바라보았다.

가게에는 메미의 모습이 보이지 않았다. 메미의 아버지는 어떻게 된 거냐는 표정으로 내 얼굴을 바라보았다. 나는 카운터에 서서 음식을 먹는 사람들을 밀치고 웨이터에게 물어보았다. 모두 고개를 가로저을 따름이었다. 나는 가게 밖으로 뛰어나가, 광장 주변을 찾아보았다. 그러나 메미의 모습은 어디에도 없었다.

아버지는 가게 앞에 멍하니 서 있었다. 나는 숨을 헐떡이며 그 앞으로 돌아와, 보이지 않는다고 고개를 설레설레 저었다. 메미의 아버지는 낙담한 표정을 짓더니, 나를 따라 설레설레 고개를 저었다. 메미와 많이 닮은 얼굴이었다. 눈과 코와 얼굴 윤곽이 똑같았다.

메미는 용기를 내지 못했다. 아버지를 만나기가 두려운 건 어쩌면 당연한 일일 것이다. 아직 시간은 충분하다. 이탈리아에 있을 동안 재회하면 된다. 메미의 아버지 등 뒤에는 어느새 그의 아내로 보이는 여자가 나란히 서 있었다. 슬쩍 손을 뻗어 낙담하는 남편의 허리를 끌어안았다.

우리는 커피숍으로 들어가 에스프레소로 몸을 덥히며 선 채로 잠시 대화를 나눴다. 메미가 지금 어떤 심경으로 피렌체에서 생활하고 있는지, 지금까지 어떻게 살아왔는지, 오늘날까지 그녀가 살아온 과정을 알고 있는 한 상세히 두 사람에게 설명해주었다. 아버지의 눈에 이슬이 맺히고 있었다. 아내는 묵묵히 내 이야기에 귀를 기울였다. 마음이 무척 상냥한 여자임을 알 수 있었다. 별말도 없이 가만히 남편의 손을 잡고 있는 태도가 그녀의 상냥한 마음을 대변해주었다.

이 남자가 메미를 버리지 않은 것만은 분명했다. 메미도 마음 한 구석으로 그것을 이해하고 있음에 틀림없다. 메미의 아버지는 낮은 목소리로, 십수 년간, 메미를 생각하지 않은 날은 하루도 없었다고, 헤어지는 순간 내게 말했다. 나는 고개를 끄덕였다. 이 시점에 이르러 두 사람의 마음은 하나로 통하고 있었다.

호텔로 돌아오자 메미는 침대 위에 동그마니 앉아 있었다. 나는 젖은 머리를 타월로 닦으며 그녀 곁에 앉았다. 그리고 아버지를 만났다는 것, 그의 심경 등을 이야기해주었다. 메미는 몸을 일으키더니 나를 꼭 끌어안고, 입을 맞췄다. 따스했다. 나는 메미를 뜨겁게 안으며 침대 속으로 파고들었다.

메미의 피부는 하얗고 투명했다. 가슴은 내가 부끄러워질 정도로 건강하고 풍성했다. 구부러진 허리에서 아래로 퍼져 나간 둔부는 이탈리아산 과일이었다. 부드러운 여성적인 곡선은 비너스를 연상케 했다. 팔로 안으면 메미의 몸은 버드나무 가지처럼 휘어졌다.

죽 뻗은 다리는 나를 받아들이기 위해 믿을 수 없을 정도로 부드럽게 옆으로 벌어졌다. 아오이의 가느다란 몸과는 대조적인 육체였다. 아오이의 뼈는 너무 가늘어, 손목과 발목은 아슬아슬할 정도였다. 몸도 여위어, 가슴이나 엉덩이는 겨우 제자리를 찾아 붙어 있는 듯한 느낌을 주었다.

메미와의 관계는 언제 어디서건 마치 운동을 하는 것처럼 활기찬 것이었다. 쾌락의 높이로 솟구칠 때도 힘이 있었고, 고통스러운 신음을 뱉어낼 때도 그녀는 태양처럼 눈부셨다. 절정에 오른 후, 내 가슴에 묻힌 메미의 눈물이 볼을 타고 흐르는 것을 보았다. 육체와 마음이 눈에 보이지 않는 한 곳에서 미묘한 괴리를 보이고 있는 것이다.

밤, 불 꺼진 방에서 메미는 내 가슴에 안긴 채, 아빠를 만나지 않고 그냥 피렌체로 갈래, 하고 말했다. 그러지 말라고 나는 타일렀다. 아버지도 메미를 만나고 싶어 하니, 얼굴이라도 보여드리라고 했다.

"괜찮아. 그냥 갈래."

그녀는 고집을 부렸다.

그녀의 고른 숨소리가 밀라노의 밤을 연주하고 있었다. 나는 어떡하면 좋을지 몰랐다. 일찍 어머니를 여읜 나로서는 메미의 마음을 이해할 수 없었다.

메미를 안은 팔에 약간 힘을 주어본다. 잠들어 있음에도 불구하고 메미는 그 힘에 반응을 보이며 내 가슴에 꼭 달라붙는다.

다음 날, 밀라노는 우리가 방문하고 처음으로 활짝 개었다. 쾌청하다고는 하지만 배기가스 때문에 새파란 하늘은 아니었다. 그래도 쾌청한 날씨는 오랜만에 우리 두 사람의 마음을 밝혀주었다.

기분 전환 겸 그녀를 두오모에 데려가기로 했다. 두오모 앞의 광장에 서자, 그 장엄한 외관에 압도당하는 기분이었다. 정면에서 올려다보는 건물은 거대한 왕관처럼 보였다. 셀 수 없이 많은 첨탑들이 하늘을 향해 뻗어 있다. 그 때문인지, 피렌체의 두오모보다 한층 더 화려해 보였다. 수많은 관광객이 이른 시간부터 모여들어 사진 촬영에 여념이 없었다.

내부로 들어가보니 겉보기와는 달리 어두컴컴하고, 거대한 스테인드글라스가 엄숙한 공간을 연출하고 있었다. 메미는 그 분위기에 압도당한 듯, 굉장해, 하고 탄성을 질렀다. 외부와 내부의 이런 이미지 격차야말로, 중세 사람들의 위대한 상상력을 말해주는지도 모른다. 이곳을 방문하는 사람들이 처음에는 그 화려함에 얼을 빼고, 그리고 안으로 들어와서는 숭고한 신앙적 분위기에 압도당하도록 연출해놓은 것이다.

"올라가보고 싶어, 저 위로."

갑자기 메미가 그렇게 말했다. 내 귀 저 안쪽에서 바람이 불어가는 것 같았다.

"올라가도 될까?"

"당연하지. 피렌체의 두오모도 위로 올라갈 수 있잖아."

나는, 응, 하고 건성으로 대답했다. 갑자기 아오이와의 약속이 생각났기 때문이다. 때로 기억을 떠올리면서도 어린 시절의 부끄러운 실수라도 되듯이 기억 속에 밀폐시켜두고 싶었던 오랜 약속.

그때 우리 둘은 먼 옛날 유년 시절을 보냈던 이 밀라노에 대해 이야기하고 있었던 것이다. 이야기가 여기저기로 퍼져나갔는데, 그날 아오이는 드물게도 열정적인 어조로 이야기하다, 엉뚱한 약속을 하는 것이었다. 농담 반으로, 또는 이야기의 흐름에 그냥 몸을 맡겨버린 듯이.

— 약속할 수 있니?

— 무슨?

— 내 서른 살 생일날, 피렌체의 두오모, 쿠폴라 위에서 만나기로, 어때?

— 피렌체의 두오모? 왜 그런 곳에서? 밀라노의 두오모는 안 되니?

— 밀라노 쪽은 세계에서 가장 아름다운 두오모이고, 피렌체 쪽은 세계에서 가장 멋진 두오모라고, 페데리카가 말했어.

— 또 페데리카로구나.

— 땀을 흘리며 몇 백 계단을 필사적으로 오르면, 거기에 기다리고 있을 피렌체의 아름다운 중세 거리 풍경에는 연인들의 마음을 하나로 묶어주는 미덕이 있다고 했어.

— 그렇다고 딱히 거기서 만날 약속은 안 해도 되잖아. 서른 살 네 생일 때, 우리 같이 가도록 해.

— 응, 우리가 헤어지지 않는다면.

— 그런 소리 하지도 마. 꼭 우리가 헤어질 것처럼 말하네. 네가 무슨 예언자니?

— 모르잖니, 미래 일은. 그러니까, 오늘을 소중하게 생각한다면 약속해줘. 오늘의 이 마음을 언제까지고 간직하고 싶으니까 약속하는 거야. 내 서른 살 생일날, 쿠폴라에서 기다려주는 거야.

— 네가 먼저 가 있을지도 모르잖아.

— 아니, 영원히 날 마음에 간직한다면 자기가 먼저 가서 기다려줘야 해.

— 서른 살. 앞으로 십 년 후의 일인데…….

"쥰세이!"

나는 스테인드글라스보다 더 위에 있는 두오모의 천장을 응시하고 있었다. 아오이의 목소리와 겹치면서 메미의 목소리가 나를 현실로 끌어냈다.

"쥰세이, 왜 그러니?"

"아니, 아무것도 아냐. 오르는 건 그만두자."

나는 그렇게 말하고 메미의 손을 잡고 끌었다. 어두컴컴하고 습지의 물 같은 두오모 속의 공기를 헤치며 바깥으로 나아갔다.

왜 그러는데, 응, 왜 그런 얼굴을 하고 있니. 메미는 힘이 잔뜩 들어간 낮은 목소리로 나를 불러 세우려 했다. 나는 과거를 좇아가도 좋은 건지, 또한 미래를 믿어도 되는 건지 알 수 없었다. 나만이 기억하고 있는 약속. 그 주술적인 올가미에 묶여 있는 나 자신. 그것이 얼마나 하찮은 것인 줄 알면서도, 과거에 발이 묶인 채 오늘을 살아가고 있다. 미래에도 과거가 기다리고 있다. 서른 살 생일날, 5월 25일…….

거대한 문을 밀치고 밖으로 나서자 광장은 빛으로 가득 차 있었다. 너무 눈이 부셔 우리는 눈을 가늘게 떴다. 사람들의 잔상이 시계 앞을 유령처럼 천천히 흘러가고 있었다.

단체 여행객이 두오모의 북쪽에 있는 쇠와 유리로 만든 아케이드, 비토리오 에마누엘레 2세의 미술관에서 쏟아져 나왔다. 세찬 바람이 불어왔다. 미국인으로 보이는 여자의 챙 달린 모자가 바람에 날리자, 몇 사람이 모자를 따라 덩어리에서 떨어져 나왔다. 광장에 모여 있던 비둘기들이 일제히 날아오른다. 시간을 알리는 종소리와 함께 내 기억 속으로 빛이 비쳐들었다.

그다음 순간, 내 눈앞으로 한 여자가 스쳐 지나갔다. 과거의 기억을 더듬고 있지 않았더라면 놓치고 말았을 그립고 낯익은 그림자였다. 시원스러운 눈. 약간 볼록해 보이는 볼. 부드러운 머리카락. 강한 의지를 나타내는 입술. 가느다란 몸매. 오랫동안 마음에 새겨왔던 기억 속 아오이의 모습이었다.

자연스럽게 몸이 반응했다. 메미의 손을 놓아버렸다. 뒤에서 메미의 목소리가 들려왔지만, 이미 나는 달리고 있었다.

마음속으로 외쳤다. 아오이를 닮은 동양 여자가 미술관 안으로 빨려 들어간다. 나는 단체 여행객을 헤집고, 있는 힘을 다해 달렸다. 귓속으로 소리가 퍼져나가면서 나는 문득 제정신을 차렸다. 어디

있니. 나는 아오이의 뒷모습을 수십 미터 앞의 인파 속에서 발견했다. 아오이를 닮은 여자는 미술관의 십자로 쪽을 걸어가고 있었다. 그녀를 사정거리에 넣고 있는 힘을 다해 달렸다. 사람들과 부딪치고 그들의 화난 음성을 들으며 달렸다. 미술관의 중심부, 십자로가 교차하는 장소에서 나는 아오이를 닮은 여자를 놓치고 말았다. 나의 전후좌우로 관광객들이 지나가고 있다. 사방을 둘러본다. 몇 번이나, 몇 번이나 둘러보고 돌아보았다.

"쥰세이!"

멀리서 내 이름을 부르는 목소리가 들려왔다. 쥰세이. 그 소리에 이끌려 고개를 돌리자, 거기에는 메미가 서 있었다.

"왜 그러니? 도대체 왜 나를 버려두고 달려간 거야?"

그렇게 말하면서 메미는 나를 끌어안았다.

아오이…… 그녀는 아오이였을까. 아니면 나의 착각이었을까. 옛 기억의 장난이었을지도 모른다. 나는 힘없이 메미에게 몸을 맡겼다. 거기에는 환상이 아닌 한 여자의 현실적인 육체가 있었다.

그로부터 나는 돌아오는 날까지 매일, 두오모 광장으로 나갔다. 메미는 그런 나를 어이없어하면서도 매일 동행해주었다. 시간이 지나면서 그 여자가 아오이일 리 없다는 생각이 점점 강해졌다. 아오이는 도쿄에서 지내고 있을 것이다. 그녀는 도쿄에서 취직하여 도쿄에서 누군가와 결혼했을 것이다.

나는 한숨을 내쉬며 환상을 떨치려 애썼다. 그것은 아오이가 아니라 기억의 장난이었다고 나 자신을 타일렀다.

겨우 일주일의 체재였지만 생각지도 않은 일이 나를 마구 뒤흔들어놓고 말았다. 환상이건 현실이건, 내 마음속에서 다시 아오이를 만날 수 있을지 모른다는 생각이 싹튼 것만은 부인할 수 없는 사실이었다. 만날 것을 믿고 있으면, 언젠가는 만날 수 있을 것 같은 기분이 들었다. 그런 생각이 문득, 과거의 약속을 생생한 현실로 만들어버렸던 것이다.

아오이의 서른 살 생일날, 피렌체의 두오모…….

메미와 나는 제각기 생각에 젖은 채 밀라노를 뒤로했다. 나는 아오이를. 메미는 아버지를.

"괜찮니. 애써 여기까지 왔는데 아버지를 만나지 않아도?"

그렇게 묻자, 메미는 힘차게 고개를 끄덕였다.

"괜찮아. 내게는 쥰세이가 있으니까."

나는 트렁크를 끌어안고 메미는 문을 열었다. 메미의 시선이 손잡이에 머문 채 언제까지고 움직이려 하지 않았다. 복도로 먼저 나선 나는 메미가 문을 닫기를 기다렸다. 필사적으로 아버지를 잊으려 애쓰는 메미의 마음이 아프게 전해져왔다.

엘리베이터가 로비 층에 멈추고, 천천히 문이 열렸다.

프런트 앞에 메미의 아버지가 서 있었다. 엘리베이터를 나서면서 그 모습을 확인한 우리는 문득 발걸음을 멈췄다.

아버지는 곧장 이쪽을 향해 걸어왔다. 그리고 메미를 똑바로 쳐다보았다. 두 사람을 가르고 있던 시간의 틈새가 그렇게 잔혹하게 두 사람에게 다가올 줄은, 이 순간까지 아무도 예상하지 못했을 것이다.

메미와 그녀의 아버지는 같은 피가 흐르는 부녀임에도 불구하고 대화를 나눌 수가 없었다. 그들은 어색한 반쪽 외국어로 인사를 나누었다. 두 사람은 자신의 생각을 말로 표현할 수 없었다. 아니, 서로의 말을 이해할 수 없었다. 메미는 이탈리아어가 불완전하고, 아버지는 일본어를 거의 잊어버리고 있었다. 아버지는 겨우 몇 년 일본에 머물렀을 뿐이었다. 십수 년의 세월이 흘러간 것이다. 메미도 그 순간 처음으로 이탈리아어를 성실하게 배우지 못한 것을 후회하는 것 같았다.

두 사람은 제 나름의 생각을 가슴에 묻은 채 헤어져야 했다. 말이 통하지 않는 탓에 메미는 한층 더 낙담했다. 나의 통역에도 한계가 있었다. 통역하지 않으면 의사소통이 안 된다는 사실이 가져다주는 충격 때문에, 그녀는 거의 실어증에 걸린 사람처럼 말이 없어져버렸다. 아버지가 부르는 메미라는 이름만이 번잡한 아침, 호텔 로비의 허공을 울리며 허망하게 내 귀를 채울 따름이었다.

6

Che Vita È

인생이란

아릴 정도로 차갑고 팽팽한 공방의 아침 공기는 무척 상쾌하다.

아무도 없는 작업장에서 혼자, 가까운 가게에서 사온 파니노에 카푸치노를 곁들여 위 속에 흘려 넣는 것도 특별한 맛이다. 카푸치노의 향기에 섞여 복원 때 사용하는 에탄올, 암모니아수, 강화 왁스, 바니스 등의 냄새가 콧구멍을 자극한다.

테이블 위에 늘어져 있는 복원 도중의 작품을 보는 것도 즐겁다.

그림이 제작된 그 시대의 향기를 은밀히 맛보면서…….

나는 선생의 회전의자에 걸터앉아, 누가 올 때까지 한 시간 정도 그런 행복한 시간을 보낸다. 그것은 이 공방에서 일하게 된 이후로 내가 즐길 수 있는 유일한 행복이기도 하다.

그럴 때면, 문득 아오이와 보낸 투명한 시간을 떠올리고 만다. 아오이는 한때, 시를 쓰기도 했다. 헤어질 즈음에는 그만두었지만, 수

첩이나 교과서 한 구석에 낙서 대신 지워질 듯 희미한 글자의 짧은 시가 적혀 있곤 했다. 가벼운 시들뿐이었지만 인상적인 구절이 많아서 그것을 수첩에 베껴서 보존해두기도 했다.

석영이 운다, 달가락 달가락
겨울 밀라노의 골목길에서
나는 찾아냈다
어떤 신호 하나를
소년의 목소리에 뒤돌아보니
살아도 좋잖아, 라는 위로의 말

그런 시들은 내 지갑 속에 들어 있다. 혼자 있을 때면 그걸 바라본다.

떠나지 않겠노라던
당신은 지금 여기 없네
영원히, 이를 수 없는
언제나, 지나쳐버리는
여기에, 나는
살아가고 있네

클립으로 꽂아둔 그 시편과 함께 아오이의 사진이 한 장 있다. 운

전면허를 딸 때 쓰고 남은 한 장을 받은 것이다. 긴 머리 사진은 이것 한 장뿐이다. 한 올 흐트러짐 없는 직모. 그것이 싫다고, 어느 날 밤, 그녀는 스스로 가위를 들고 그 긴 머리를 잘라버렸다. 카메라 렌즈를 똑바로 쳐다보고 있는데도 눈동자는 어딘가 불안하게 흔들리고 있다. 빛이 반사되어 빨갛게 물든 탓에, 돌연변이처럼 보인다.

다 식은 카푸치노를 바닥까지 들이켰다. 추억도 함께 마셔버렸다.

밀라노에서 돌아와서 나는 오랜만에 이런 나의 은밀한 사치가 얼마나 행복한 것인지를 재인식했지만, 해가 바뀐 1998년 1월의 어느 날, 선생은 갑자기 공방을 폐쇄하겠다고 선언하였다.

물론 원인은 작년에 일어난 그 사건임에 분명하다.

“쥰세이, 미안하구나. 네 미래를 생각해서라도 이 공방을 유지해야겠지만, 코사의 그림처럼 내 가슴에도 평생 지울 수 없는 상처가 그어지고 말았어.”

선생을 슬픔에 잠기게 한 그 범인은 아직도 밝혀지지 않고 있었다. 다카나시도 안젤로도 변함없이 일에 열중하고 있었다.

선생은 이 공방에 드나드는 인간을 의심할 바에는 공방 문을 닫는 게 편하다고, 혼잣말로 중얼거렸다.

“저에 대해서는 걱정하지 마세요. 오히려 선생님이 걱정입니다. 이제 어떡하실 생각이세요.”

선생은 힘없이 고개를 저었다.

“잠시 일에서 손을 뗄 생각이야. 좀 쉬었다가 어디 학교 같은 데서 복원 기술을 가르치며 살 거야."

일자리를 잃어버리는 것보다 선생과 공방을 잃어버리는 것이 더 큰 아픔이었다. 낙담하는 눈치를 보이지 않으려고 애썼지만, 올라야 할 산을 잃어버린 등산가처럼, 삶의 보람을 잃은 나는 온몸에서 힘이 빠져나가는 것 같았다.

"범인이라도 잡혔다면 마음이라도 편할 텐데……."

화가 나서 그렇게 내뱉자 선생은 세차게 고개를 저었다.

"괜찮아. 이제 됐어. 범인을 모르고 그냥 지나가는 게 좋아. 모르는 편이 좋아."

갑자기 선생이 늙고 위축되어버린 것 같아 마음이 아팠다. 최근 몇 달 사이에 아름다운 흑발에 서리가 내리기 시작했다.

사건 후, 선생은 나에게 모델이 되어달라는 말도 하지 않게 되었다. 그림을 그릴 기분이 아니라는 것은 충분히 이해가 간다. 그러나 한편으로는 혹시 내가 싫어져서 그런 건 아닌지 몹시 마음에 걸렸다. 나 때문에 코사 그림이 손상되었다는 느낌이 들어 견딜 수 없었다.

어느 날, 용기를 내어 왜 그림을 그리지 않느냐고 물어보았다. 조반나는 조용히 웃으며, 모델 부탁할 날이 올 것이라고 말했다. 그러나 이제 그날은 오지 않을 것임을 직감할 수 있었다.

봄을 맞이하여, 공방은 정식으로 문을 닫기로 했다. 안젤로는 라이벌 공방에 취직이 결정되었고, 다카나시는 예정보다 한 달 앞서 일본으로 돌아가게 되었다. 추운 겨울을 보내는 동안, 다른 직원이나 연수생들도 제각기 새로운 길을 찾아 나섰지만 나만 홀로 새로 취직할 의욕이 일지 않아 멍하니 시간만 죽이고 있었다.

“어떡할 거니. 괜찮니, 백수로 그냥 살 거야?”

메미가 점점 방에만 틀어박히는 나를 보고 그렇게 놀렸다. 밀라노에서 돌아온 후로 메미는 열심히 어학을 공부하게 되었다. 아버지와 대화도 나누지 못했던 것이 그녀에게 충격을 주었던 모양이었다.

“모르겠어. 나도 어떻게 해야 할지 모르겠어.”

“자기답지 않아.”

그렇게 말하며 메미는 내 품에 안겨왔다. 정말로 어떻게 하면 좋을지 몰랐다. 오랫동안 선생 밑에서 복원 일을 배워왔다. 함께 일해보자는 공방들도 몇 군데 있었다. 개중에는 안젤로가 들어간 공방처럼 경쟁 상대였던 곳도 있었다. 대우도 꽤 좋았다. 조반나의 공방에서 중요한 일은 거의 내가 하고 있었던 것이다. 선생이 아니라, 내게 직접 일을 발주하겠다는 사람도 있을 정도였다. 프란체스코 코사도 그런 일 가운데 하나였다.

그러나 이제 와서 다른 공방에 들어갈 기분은 일지 않았다. 안젤로처럼 가볍게 라이벌 공방으로 자리를 옮길 그런 마음도 없었다. 나는 조반나의 공방을 사랑했던 것이다. 거기서 그냥 뼈를 묻어도 좋다고 생각했다.

“얼마간 빈둥거리는 것도 괜찮지, 뭐. 옛날로 돌아가서 그림이나 그려볼까도 싶어."

메미를 꼭 끌어안았다. 그녀의 등이 밀라노에 가기 전보다 여윈 것 같은 느낌이 들었다.

"생활은 괜찮아?"

"저금한 것도 조금 있고, 다 떨어지면 다른 공방에서 아르바이트나 하지, 뭐."

"괜찮아? 그렇게 복원 일에 열정을 쏟고 재미를 찾았는데."

앞으로의 인생을 설계하는 데는 좋은 휴지 기간이었다. 여태 너무 달려오기만 했는지도 모른다.

복원 일은 정신적인 여유가 필요하다. 말은 하지 않았지만 나는 그때 메미를 끌어안으면서, 나 자신을 그렇게 고무하고 있었다. 제발 봄이 오지 말아줬으면, 하고 창밖을 바라보았다.

3월의 어느 날, 공방 폐쇄를 위해 마지막 정리를 하고 있는데, 갑자기 아가타 세이지 할아버지가 찾아와서 나를 놀라게 했다. 손님이 왔다고 해서 공방 현관으로 나가 보니, 할아버지가 팔짱을 낀 채 벽에 걸린 템페라화를 느긋하게 감상하고 있는 것이었다. 멀리 떨어졌다 가까이 다가갔다, 벽의 그림을 흥미로운 시선으로 바라보는 할아버지의 모습을 발견하고, 우울하던 내 얼굴에는 오랜만에 미소가 번져나갔다.

"할아버지!"

할아버지는 내 얼굴을 보자마자 이렇게 말했다.

"이거 모사품이냐?"

"엣?"

처음에는 할아버지의 말을 알아듣지 못했다. 오랜만에 만나는 손자에게 반갑다는 인사도 없이, 벽에 걸린 그림에 대해 물을 줄은 손자인 나도 상상하지 못했기 때문이다.

"이 템페라화 말이야, 이건 분명 프라 안젤리코의 그림인데. 그렇다면 이런 곳에 먼지를 뒤집어쓰고 있을 리가 없지. 하지만 여기는 피렌체에서도 유명한 복원 공방이니까 혹시 진짜일지도 모르잖니. 그래서 아까부터 줄곧 그걸 생각하고 있었다."

그제야 할아버지의 말을 이해할 수 있었다.

"아, 그거, 모사품이야."

"역시 그랬어. 정말 대단한 솜씨야. 십오 년 전에 산마르코 사원에서 진짜를 본 적이 있지. 야, 이놈 정말 잘 그렸군. 이거 누구 솜씨냐?"

"우리 선생님일 것 같은데. 오래전부터 거기 걸려 있었는데, 자세히는 모르겠어."

할아버지는 내 곁으로 다가오더니 갑자기 주먹으로 내 배를 내질렀다. 힘은 없었지만, 정확히 명치를 찔러오는 바람에 숨이 막혀 나도 모르게 몇 걸음 뒤로 물러났다. 할아버지는 웃었다. 복근이 약해, 라고 하면서 오른손으로 악수를 청해왔다. 악수를 할 때도 손이 아플 정도로 꽉 잡는 것이었다.

"아무리 믿을 만한 사람이라도 틈을 보여서는 안 돼. 남자란 일단 밖에 나가면 일곱 명의 적이 있다고 생각해야 하는 거야."

"말도 안 돼."

"말이 안 되다니. 넌 외국에서 살아가고 있어. 무슨 일이 일어날지 모르잖니."

"혼자?"

"뭐가?"

"혼자 왔어?"

"아, 물론이지."

"왜 미리 연락하지 않았어."

"왜긴, 그냥 귀찮게 하기 싫어서지."

"귀찮긴, 공항까지 나갔을 텐데."

"날 어린애 취급하지 마라."

옛날부터 할아버지는 이유가 통하지 않는 사람이었다. 그게 할아버지의 할아버지다운 점이었다. 할아버지는 일흔다섯의 고령이지만 혼자서 얼마든지 이탈리아 정도는 여행할 수 있는 사람이었다. 할아버지는 안색도 좋고, 눈썹도 야무지게 위로 뻗쳐 여전히 고집스러운 풍모였다.

나는 소리 내어 웃었다. 할아버지는 다시 그림 쪽으로 시선을 던지더니, 정말 잘 그렸어, 하고 감탄하는 것이었다.

선생에게 할아버지를 소개하자, 할아버지는 일본어로 템페라화에 대해 여러 가지 질문을 던져 선생을 당황하게 했다.

"쥰세이, 선생에게 이렇게 말해. 내가 14세기 시에나파의 템페라화를 가장 좋아한다고 말이야. 알겠니, 14세기. 정확히 통역해."

내가 그렇게 통역해주자 선생은 할아버지의 손을 꼭 잡았다. 기분이 좋아진 할아버지는 프라 안젤리코의 작품을 보러 젊은 시절에는 몇 번이나 피렌체에 왔었다고 자랑을 늘어놓았다.

"정말 좋은 할아버지셔" 하고 조반나는 말했다. 선생은 할아버지가 일흔다섯의 나이에 혼자 일본에서 여기까지 왔다는 말을 듣고는 눈을 동그랗게 뜨고 놀라움을 감추지 못했다.

갑작스러운 할아버지의 방문으로, 나는 휴가를 냈다. 선생은 걱정하지 말고 할아버지에게 효도하라면서 나에게 휴가를 권했지만, 이제 곧 공방이 문을 닫을 이런 시기에 잠시라도 공방에서 떨어지고 싶지는 않았다.

그렇지만 할아버지 혼자서 피렌체 거리를 헤매고 다니게 내버려두고 싶지도 않았다. 아버지를 대신해서 나를 키워준 할아버지였다. 건강할 때 효도하고 싶었던 것이다.

다음 날, 나는 메미와 함께 할아버지를 모시고 미술관 순방을 나섰다. 메미와 할아버지는 첫 대면임에도 불구하고 금방 의기투합하여, 메미는 할아버지의 팔짱을 끼고 걸어 다니는 것이었다.

처음에 간 곳은 산마르코 수도원이었다. 수도원은 프라 안젤리코의 미술관이라 불러도 좋을 정도로 많은 안젤리코의 작품을 소유하고 있어 할아버지를 흥분하게 했다. 메미의 손을 이끌고, 도대체 누가 관광객인지 모를 정도로 우리를 여기저기 끌고 다녔다.

"봐, 이게 바로 안젤리코의 대표작 〈수태고지〉야. 정말 신비로운 구도란 말이야. 이 청초한 자태를 봐. 마음이 깨끗이 씻기는 것 같다는 표현이 있지만, 이런 그림을 볼 때가 바로 그래. 보고만 있어도 마음이 차분히 가라앉아. 재미없고 추악한 이 세상을 정화시키는 힘을 가진 그런 그림이지."

할아버지의 발랄하고 활기찬 태도를 대하는 메미의 얼굴에서는 미소가 떠날 줄 몰랐다.

우리는 〈수태고지〉에 이어, 〈그리스도의 변용〉, 〈가시 관〉, 〈성모 재관〉, 〈나에게 손대지 마라〉와 같은 그림을 할아버지의 해설을 곁들여 감상했다. 공방 입구에 걸린 모사품의 원본인 〈리나이누올리의 성모〉 앞에 섰을 때는 할아버지의 숨결도 가빠지고 말수도 줄어들었다.

"좀 쉬는 게 좋을 것 같아."

하고 메미가 내 귀에 대고 속삭였다. 나는 할아버지를 부축하며 수도원 일 층에 있는 성안토니 회랑으로 나아갔다. 바깥바람을 쐬면서 우리는 나란히 회랑에 앉아 할아버지의 체력이 회복되기를 기다렸다. 산마르코 수도원 안에 이렇게 말없이 앉아 있자니, 마치 14세기의 세계 속으로 들어온 듯한 기분이었다.

지금까지의 일을 회상해보았다. 피렌체에 도착한 날. 선생의 공방을 처음 찾아간 날. 공방에서 일을 배우던 나날들. 그리고 한 사건. 또한 미래에 대해서도 생각해보았다. 공방이 문을 닫는 날. 그 후의 일. 내년. 5월…….

나는 앞으로도 복원 일을 계속할 것인가. 이 일을 천직으로 삼아

나의 모든 열정을 쏟아부을 것인가. 모르겠다. 어쩌면 지금은 나의 태도를 결정하기에 좋은 기회인지도 모른다.

"일은 재미있니?"

마치 나의 그런 망설임을 꿰뚫어 보기라도 하는 듯이 할아버지가 물었다. 메미가 재미있다는 표정으로 내 얼굴을 가만히 바라보고 있다.

"일을 하고 있을 때는 모든 걸 잊을 수 있어."

"복원 일이 체질에 맞는 것 같니?"

거기에는 대답할 수 없었다. 내 성격에 잘 맞는지 생각해본 적은 없었다. 그냥 사명감을 느끼고 있을 따름이었다. 과거를 미래로 이어주는 일을 하고 있다고 생각하면 힘이 솟았다. 내 손으로 복원한 그림이 천 년 후 또 다른 누군가의 손에 의해 복원되리라고 생각하면, 인간의 한계를 넘어설 수 있을 듯한 느낌에 사로잡힐 때도 있었다. 그러나 그것은 정말 아득한 먼 훗날의 이야기다. 살아 있을 동안에는 확인할 수 없는 일이기도 하다. 내가 하는 일이 얼마나 인류의 미래에 공헌하는지 상상이 가지 않는다.

"글쎄. 잘 모르겠어. 맞지 않을지도 몰라."

겨우 그런 말을 할 수 있었다. 할아버지는 천천히 내 쪽을 돌아보았다.

"아직은 잘 모르겠어. 갑자기 여러 가지 일들이 한꺼번에 닥쳐서, 내 인생인데도 나 혼자 결정할 수 없을 것 같은 느낌도 들고……."

무참히 찢어진 프란체스코 코사의 그림을 떠올렸다. 만일 그 그림을 찢은 자가 동료 가운데 한 사람이라면 죽을 때까지 결코 용서할 수 없다. 인류의 유산을 맡은 복원사의 자존심을 걸고…….

"난 고집이 세잖아. 옛날부터 고집덩어리였으니까. 자기 자신을 죽이지 못하는 인간은 복원 일에 고통을 느낄 때가 있는 것 같아."

"방황하고 있구나."

할아버지는 그렇게 말했다. 메미는 먼 곳으로 시선을 던지고, 일부러 못 들은 척하고 있었다. 나는 눈을 감았다. 회랑을 흘러가는 차가운 바람을 느껴본다. 아직 봄은 멀리 있는 것 같았다.

"템페라화를 그려보면 어떨까."

갑작스러운 충고에 내 얼굴 표정이 일그러졌다. 템페라화를? 그러나 할아버지는 심각한 표정이었다.

"얼마간은 모사를 해봐. 과거를 고치는 작업에서 과거 화가의 위대한 업적을 본뜨는 작업을 해보는 거야. 그렇게 하다 보면 보이지 않는 것을 볼 수 있게 돼."

"템페라화가가 되라는 말?"

"그것도 좋지."

"너무 갑작스러워서……."

할아버지는 자리에서 일어섰다.

"그냥 해본 말이야. 그냥 그런 생각이 들어서 말이야. 나머지는 스스로 알아서 해."

웃었다. 메미도 웃었다. 나도 웃을 수밖에 없었다. 세 사람의 입에서 뿜어져 나오는 새하얀 입김이 회랑을 흐르는 공기를 따라 허공으로 퍼져나간다. 아마 템페라화가는 되지 않을 것이다. 그러나 할아버지의 충고에는 진실이 담겨 있었다. 나는 자신의 미래를 너무 한정시키려 했다. 조금 더 유연하게 세계와 대면할 필요가 있다는 생각이 들었다.

할아버지는 일주일 정도 피렌체에 머물면서 일흔다섯이라고는 믿기지 않을 만큼 열정적으로 미술관을 순례하고, 파리로 떠났다. 유학 시절의 애인과 파리에서 재회하기로 했다 한다. 할아버지가 유학했다는 이야기는 처음 들었고, 게다가 그 당시의 애인이 아직도 건재하고 또 서로 연락도 취하고 있다니 믿을 수 없는 이야기였다. 그러나 세세히 따지고 묻지 않았다. 할아버지는 누구에게도 신세지고 싶어 하지 않는 성격이었다. 메미와 나는 공항까지 할아버지를 배웅했고, 할아버지는 도쿄에서 만나자, 라면서 푸근한 미소를 머금었다.

"도쿄……."

그다음 순간, 할아버지는 또 내 복부를 향해 주먹을 내질렀다. 그 주먹은 일주일 전보다 더 정확하게 명치에 꽂혔다. 나는 숨이 막혀 꼴사납게도 메미 쪽으로 쓰러지고 말았다.

"아직도 빈틈이 많아."

할아버지는 웃었다. 왜 그러세요, 하고 메미가 할아버지를 향해 항의했다.

"그 아픔을 잊지 마. 인생이 얼마나 처절한지, 조금이나마 느껴둬."

메미는 너무 어이가 없어 입만 멍하니 벌리고 있었다. 그러나 나는 도쿄에서 만나자는 할아버지의 말이 마음에 걸렸다.

"도쿄에서" 하고 중얼거리자, 할아버지는 귀를 쫑긋 세우며, 잘 들리지 않는다고, 뭐라고 했느냐고 물었다.

"도쿄로 돌아갈까 봐."

또렷한 목소리로 그렇게 말했다. 할아버지는 고개를 끄덕였다.

엣, 도쿄로 돌아가는 거야?, 하고 메미가 내 얼굴을 빤히 들여다보며 묻는다.

"아직 정해진 건 아냐. 그렇지만 그것도 하나의 방법일 게야. 일단 도쿄로 돌아가서 태세를 다시 갖추는 것이 좋을지도 모르지. 마음이 흔들릴 때는 한번 방향을 바꿔보는 것도 괜찮아. 그 얼굴, 나는 흔들리고 있습니다, 라고 적혀 있어. 그런 얼굴로는 절대 일을 못해. 네 방은 옛날 그대로 있으니까, 언제든 돌아와."

할아버지는 그런 말을 남기고 떠났다. 일흔다섯의 노인이 혼자서 게이트를 빠져나가는 모습은 너무도 믿음직스러웠다. 그 순간, 이상하게도 내 몸 저 안쪽에서 웃음이 마구 솟구쳐 올랐다. 결국 인간은 혼자라는 말을 하고 싶었음에 틀림없다.

메미의 손을 잡았다. 그녀도 내 손을 꼭 잡았다.

"정말 갈 거야? 나 외로워서 어떡해."

나는 세차게 고개를 저었다. 목까지 차오른, 아직 몰라, 라는 말을 그냥 속으로 밀어 넣어버렸다.

도쿄에 가면, 우연히 아오이를 만날 수 있을지도 모른다.

딱 한 번만이라도 좋다. 아오이를 만나고 싶다.

앞으로 며칠 후면 공방이 문을 닫을 즈음, 나는 안젤로의 연락을 받고 중심가의 바에서 그와 만났다. 꼭 전하고 싶은 말이 있다고 했다. 라이벌 공방으로 자리를 옮긴 이후로 더 소원해졌지만, 코사의 그림을 찢은 범인에 대한 이야기라고 하는 데는 만나지 않을 수 없었다.

어두운 가게 한구석 자리에서 안젤로는 나를 기다리고 있었다. 안젤로는 뭔가를 결의한 사람처럼 엄숙한 표정이었다. 이탈리아의 유행가가 울려 나오는 바 안은 젊은 연인들로 넘쳐흐르고 있었다. 플로어에서 춤을 추는 손님도 있었다. 전통을 지켜가는 이 역사적인 거리에도 젊은이들이 살아가고 있다. 활동적인 젊은이들 대부분은 밀라노나 로마로 나가고 없지만, 남은 젊은이들은 이런 곳에 모여 에너지를 발산하고 있는 것이다.

스피커에서 흘러나오는 음악 덕분에 우리는 얼굴을 바싹 갖다 대야 겨우 상대의 목소리를 들을 수 있었다. 나는 필사적인 심정으로 안젤로의 말에 귀를 기울였다.

"뭐라고?"

안젤로의 목소리는 소음 속에서 그냥 떠돌고 있을 뿐이었다.

"다시 한 번 말해줘. 더 큰 목소리로."

그러나 그의 말은 나를 판단 불능 상태에 빠뜨렸다. 그가 고함치듯 속삭인 그 말이 머릿속을 빙글빙글 돌면서 나를 부르르 떨게 만들었다.

안젤로와 헤어진 나는 혼자서 밤의 피렌체를 하염없이 방황했다. 어디로 가야 할지 알 수 없었다. 아르노 강변을 끝도 없이 걸었다. 그녀의 방에 불이 켜진 것을 가만히 지켜보다가 조용히 발길을 돌리고 말았다.

그 그림은 선생 자신이 찢은 거야…….

안젤로의 목소리가 귓가에서 맴돌았다. 그 소리는 맹렬한 기세로 팽창과 수축을 거듭하면서 머리를 파열시키려 했다.

"뭐라고, 그런 말도 안 되는 소리는 하지도 마!"

"헛된 소리가 아냐. 이런 말을 어떻게 거짓으로 할 수 있겠어."

안젤로의 눈에 결코 거짓이 없다는 것을 확인하면서, 나는 점점 혼란에 빠져들었다. 그 그림은 선생 자신이 찢은 거야…….

"수련생이 목격했어. 그렇지만 그 애는 입을 다물었어. 너무 엄청난 사실이었으니까. 그 애는 고민에 고민을 거듭하다가 내게 살짝 이야기한 거야."

안젤로의 눈동자는 흔들리고 있었다. 은은히 눈물이 고여 있었다. 바의 조명에 비쳐 녹색으로 빛나고 있었다.

"……선생은 널 질투한 거야."

"왜?"

"글쎄, 그건 잘 모르겠어. ……선생은 자신보다 완벽하게 일을 처리하는 너에게 질투를 느낀 거야. 그건 엄연한 사실이야."

스피커에서 흘러나오는 유행가가 그 말과 함께 귀에 달라붙어 떨어질 줄을 몰랐다.

Che vita è, che vita è…….

"말도 안 돼."

나는 일어서서 안젤로에게 등을 보였다. 바를 나섰다. 의미 없는 소음을 견딜 수 없었다. 걸으려 했지만 다리가 휘청거렸다. 생각대로 몸이 움직여주지 않았다. 안젤로가 달려와 평형감각을 잃고 벽에 손을 짚고 있는 나를 곁에서 부축해주었다. 나는 피렌체의 차갑고 무거운 한겨울의 공기를 들이켜면서, 토악질을 견뎌내고 있었다.

"쥰세이!"

안젤로의 손을 힘껏 뿌리쳤다.

"시끄러! 내 주변에서 맴돌지 마."

나는 안젤로로부터 떨어져 나와 몸을 돌리고, 밤거리를 달리기 시작했다.

"쥰세이! 난 너를 위해서……."

따라오는 안젤로의 가슴을 힘껏 밀쳐버리고 다시 달렸다. 밤의 피렌체를 전속력으로…….

쥰세이, 가지 마, 제발, 안젤로의 목소리가 등 뒤에서 울려 퍼졌다. 모든 소리가 뇌 속에서 찌그러지면서 사라지고, 코사를 찢는 조반나의 어둡고 우울한 얼굴만이 어둠 속에서 슬프게 명멸하고 있었다.

Che vita è, che vita è…….

그 유행가는 내 귓가를 끝도 없이 맴돌고 있었다.

7

La Voce Del Passato, La Voce del Futuro

과거의 목소리, 미래의 목소리

그리 큰 창은 아니었다. 실내가 어두컴컴한 탓에, 바깥 햇살이 변주를 일으켜 창틀이 마치 터널의 출구처럼 보였다. 공방의 작은 창에서 보았던 경치도 아니고, 아르노 강변의 내 방에서 바라보는 풍경과도 다른, 보다 평탄한 인상의 상자 정원 같은 거리감 없는 세계였다.

우메가오카, 하네기 공원의 나지막한 둔덕이 눈앞에 펼쳐져 있다. 학생 시절의 기억과 겹쳐지는 그리운 풍경이었지만, 오랫동안 피렌체의 돌바닥에 익숙해진 탓인지 일본적인 풍경에 위화감을 느끼고 있다.

이 거리로 돌아온 이후로 나는 마치 정년퇴직하여 시간이 남아도는 노인처럼 매일 멍하니 무료하게 시간을 보내고 있었다. 일자리를 찾을 생각도 않고, 할아버지 작품이 산처럼 쌓인 방에서 매일 라디오에서 흘러나오는 음악과 일본어에 귀를 기울이며 간이침대에서 뒹굴고 있었다. 나는 그 거리에서 마음을 잃어버리고 말았다.

오후에는 하릴없이 공원을 산책했다. 외출을 허가받은 환자처럼 힘없이 걸어가다 어린아이 손을 잡고 산책하는 여자를 만났다.

문득 조반나 생각이 나, 나도 모르게 눈을 감아버렸다.

사실을 확인해보지 않은 채 나는 귀국해버렸다. 확인하는 것이 두려웠다. 조반나에게 따질 용기가 나지 않아, 도망치듯 귀국해버린 것이다. 선생을 믿는다고, 기도하는 심정으로 나 자신을 향해 중얼거려보았지만, 기도하면 할수록, 조반나는 내 마음속에서 악마처럼 음산한 얼굴을 드러내는 것이었다.

어머니처럼 따르던 사람에게 배신당했으니, 회복하는 데 상당한 시간이 필요할 것 같다.

일본에 온 지도 어언 반년이 지나려 하고 있었다. 고통스러운 기억은 잊어버리는 것이 좋겠다고, 잊자고, 잊자고 수도 없이 마음속으로 되뇌었다.

공원 벤치에 걸터앉아 하늘과 구름과 지붕들을 순서대로 살펴보았다. 마음속 깊은 곳에서 뭔가 싹이 트는 듯한 느낌을 떨쳐버릴 수 없었다. 그게 뭘까, 머리로는 전혀 이해할 수 없었다. 그러나 과거 한때 나를 지배하던 감정의 잔해에 의한 것임은 분명했다.

아오이와의 추억에 매달려본다. 현실의 고뇌에서 벗어나기 위해 옛 기억 가운데 가장 즐거웠던 추억을 떠올렸다. 즐거운 추억…….

실제로 그 기간은 너무도 짧았다. 그럼에도 불구하고, 그 후의 슬픈 이별보다도 그 아름다운 나날들이 떠오를 뿐이다. 지금은 즐거운 추억만을 떠올리고 싶다. 둘이서 돌려 보았던 책. 둘이서 들었던 음악. 둘이서 다니던 카페. 둘이서 걷던 길. 둘이서 보았던 하늘…….

나는 세타가야의 하늘에 흘러가는 구름을 바라보고 있었다. 바로 어제 같은 느낌으로 그날들을 떠올릴 수 있다. 이 거리에 돌아온 것도 아오이와의 추억에 기대어 고통스러운 현실을 잊기 위해서인지도 모른다. 피렌체에서 보낸 시간을 일시적으로 망각하기 위해, 나는 지금, 이 거리에서 혼자 지내고 있는 것이다.

역전 편의점에서 구인 잡지를 샀다. 할아버지가 슬쩍 용돈을 건네주고 있기는 하지만, 언제까지고 할아버지에게 기댈 수만은 없는 노릇이었다. 슬슬 여기서 살아가는 데 필요한 준비를 하지 않으면 안 된다. 일상을 되찾기 위해서는 일을 시작해야 한다.

그러나 복원 기술밖에 없는 내가, 미래를 향해서만 달려가는 이 거리에서 도대체 어떤 일거리를 찾을 수 있을까. 이 거리는 과거를 모두 버리고 있는 듯한 느낌을 준다.

도쿄는 미래만 바라보고 달리고 있다. 하나하나 새롭게 겉모습을 단장하는 빌딩은 미래의 상징처럼 늠름하게 죽 뻗어 올라, 낮은 집들의 머리 위에 군림하고 있다. 과거란 무엇인가, 하고 나는 생각해 본다. 과거는 인간에게 불필요한 것일까. 과거를 복원해온 나는 이 거리에서 살아갈 장소를 찾지 못하고 있다. 이 거리의 속도 속에서 과연 나는 자신을 지키며 살아갈 수 있을까.

"이제 슬슬 앞으로의 일을 생각해야지. 언제까지고 이렇게 빈둥거리면 안 돼. 젊음이 아깝잖니."

때로 할아버지는 나를 보러 와서는 그렇게 격려해준다. 이 반년 동안 세상과 나를 이어주는 유일한 창은 할아버지였다.

"뭘 하고 싶은 건지 나도 잘 모르겠어."

"그림을 그려보도록 해. 템페라화를 해보면 어떨까."

"그리고는 싶지만 일본에서 템페라화를 그려서 먹고살 수 있을까? 생활 문제도 생각해야 되잖아. 언제까지고 할아버지에게 손을 내밀 수는 없을 테니까."

할아버지는 화단에서 이사직을 맡고 있긴 하지만 거의 모든 일을 후진들에게 물려주고 거의 은거 상태에 들어가 달리 할 일도 없는 탓인지, 어떻게든 나를 돕지 못해 안달이다. 돈만 밝히는 아들에게 자신의 꿈을 의탁할 수 없게 되자, 나에게 모든 희망을 걸고 있는지도 모를 일이다. 그러나 할아버지가 성실하게 쌓아올린 작품 세계는 약간의 노력으로 간단히 흉내 낼 수 있는 그런 것이 아니었다. 뭘 하든 시간과 끈기가 필요했다.

"역시 내게는 미술품 복원 일이 맞지 않는 모양이야."

"그건 아주 소중한 작업이야. 그렇지만 내 눈에도 네가 벽에 부딪쳤다는 것이 보이는구나. 이탈리아에서 무슨 일이 있었는지는 모르겠지만, 너의 그 생기 잃은 눈동자를 보면, 어떻게든 내가 힘이 되어주고 싶다."

"고마워, 할아버지. 그런 말만 들어도 기뻐. 그렇지만 이건 어디까지나 내 문제니까, 반드시 내 손으로 해결해야 해."

할아버지는 소파 위에 양반다리를 하고, 담뱃대에 담배를 재면서, 난 네가 그림을 그렸으면 한다, 라고 중얼거렸다.

"무슨 일이 있어도 복원 일을 계속하고 싶다면, 몇 군데 복원소를 소개해줄 수는 있어."

"응, 좀 생각해볼게. 아직 저금도 좀 남아 있고, 집세도 안 내니까 견딜 만해. 앞으로 조금만 더 신세 질게."

"그건 괜찮다. 아직 넌 젊다. 얼마든지 새로 시작할 수 있는 나이야."

할아버지는 보여주고 싶은 작품이 있다고 하면서, 작품을 보관하고 있는 구석방을 턱으로 가리켰다. 그리고 가만히 뒤를 따르는 나에게, 사뭇 자랑스러운 몸짓으로 작품을 하나하나 설명해주었다.

작품 하나하나마다 할아버지의 생명력이 가득했다. 검은 커튼이 쳐진 가장 넓은 방에는 1960년대, 할아버지가 중남미를 여행하면서 그린 힘찬 인상 목판화가 가득 보관되어 있었다. 거의 모든 작품은 사람보다 사물을 묘사하고 있었다. 그러나 인물이 등장하지 않음에도 불구하고, 그 그림들은 인간의 생활과 역사의 냄새를 짙게 풍겨내고 있었다.

할아버지는 한 장의 목판화를 가리켰다. 넓은 사막 한가운데 중남미의 나지막한 집이 덩그러니 그려진 작품이었다.

"단순하고 작위 없는 공간 구성을 염두에 두었지. 나와 친한 평론가 하나가 이 작품들을 〈집의 초상화 시리즈〉라고 이름 붙여주었다."

그러고 나서 할아버지는 말뚝만 그린 그림과 벽만 그린 그림을 보여주었다. 그 그림들은 집 시리즈와 마찬가지로 말뚝이나 벽만 덜렁 그려진 단순하기 그지없는 작품이었지만, 여행하는 할아버지의 시선이나 거기에 직접 묘사되지 않은 사람의 생활이 그냥 그대로 비쳐 나오는 듯한 이상한 맛을 느끼게 하는 역작이었다.

"이 말뚝이나 문은 생활의 일부를 추출하여 세계의 끝을 묘사하려는 시도였지. 이것, 이 벽은 멕시코의 벽이야."

그 판화는 마치 사진처럼 정밀하게 벽 하나만 묘사한 것이었다. 전체가 선명한 녹색을 띤 벽으로, 한복판에 무슨 이유에서인지는 모르겠지만, 기와 조각으로 막아버린 문 같은 것이 보였다.

벽 그림에는 살아 있는 생명의 기운이 전혀 묘사되지 않았음에도 불구하고, 그 메워진 문과 그 선명한 녹색 페인트가 멕시코 사람들의 마음을 멋들어지게 표현하는 듯해, 하나의 유머 같은 것이 가슴에 닿는 것이었다.

"아마도 난 일상 풍경의 관찰자가 되고 싶었던 게야. 이렇게 적확하게 모티프를 추출하여 재생시키던 젊은 시절의 나는 어떤 의미에서 카메라의 눈을 가지고 있었다고 해도 좋을 게다. 지금은 이런 기계적인 눈은 잃어버린 지 오래지만 말이야. 카메라 렌즈의 눈으로 세계를 방랑하며 느낀 것을 캔버스에 옮기는 거지. 그것뿐이지만, 당시의 내 행동의 원점이 나타나고 있어. 이렇게 부분만이 돌출된 세계는 나라는 인간의 눈을 통하여 하나의 작품이 되어 미래를 향해 여행을 떠나는 거지. 이런 집이나 벽, 말뚝 같은 것들은 이미 이 세상에 없을지도 몰라. 그러나 그것을 매만지고 재창조한 정신은 이렇게 남아 있어. 화가의 역할이란 그런 게 아닐까. 미래에 다리를 놓아주는 행위라고 할까."

"미래로 이어지는 다리. 정말 눈부신 말이네."

"네게 그림을 권하는 것은, 네가 미래를 똑바로 쳐다보기를 바라서란다."

나는 작게 고개를 가로저었다.

"내게는 그런 대단한 주제를 그릴 힘이 없어."

"있어. 네 눈은 화가의 눈이야."

"그림을 그리는 건 좋아하지만……. 그건 할아버지가 자식에게 이루지 못한 꿈을 내게 의탁하기 때문이 아닐까 싶어."

할아버지는 입을 꼭 다물었다. 내가 심한 말을 한 것 같다고, 속으로 반성했다.

"미안해. 그 기분만은 정말 고마워. 그렇지만 난 결국 복원사로 살아갈 것 같아. 과거를 미래로 이어주는 일에 자부심을 느껴. 나 같은 사람도 중요하니까."

할아버지는, 그래, 네 말이 맞아, 하고 작게 고개를 끄덕였다.

10월 어느 날, 모교인 세이조 대학에 가보기로 했다. 오다큐선 전철을 타고, 세이조 대학 앞에서 내렸다. 역은 당시 그대로였다. 개찰구를 나서는 순간, 과거의 기억이 한꺼번에 밀려왔다. 졸업하고 나서 한 번도 와보지 않은 탓인지, 하나하나가 그리운 풍경들뿐이었다. 두 번, 세 번 뒤를 돌아보며 계단을 내려갔다. 학생들 얼굴이 어딘가 낯익다. 아는 얼굴은 하나도 없었지만, 왠지 그리운 얼굴들이었다.

역 계단을 내려가면, 좁은 로터리가 나오고, 자동차와 사람들이 붐빈다. 간판을 바꾼 가게도 있었지만, 옛날 그대로의 모습을 간직한 가게도 많았다.

그렇다, 이 거리를 걸어 나는 학교에 다녔다.

몸이 자연스럽게 움직이기 시작했다. 아오이와 때때로 만나곤 했던 빌딩의 이 층 찻집은 없어졌다. 그 대신에 거기에는 새로운 레스토랑이 문을 열었고, 그 창가에는 커플의 모습도 보였다. 당시의 나와 아오이처럼 풋내를 풍기는 두 사람. 나는 일순 발걸음을 멈추고, 당시의 기억을 더듬으며 한숨을 내쉬었다.

기억 속에 있던 꽃집이나 부티크나 베이커리를 발견할 때마다 가슴에서 솟구치는 은은한 열기가 내 눈을 느슨하게 풀어놓았다. 마치 학생 시절로 돌아온 듯한 기분이었다. 길 양편에 우뚝 솟은 은행나무 가로수를 둘러보며 걸어갔다. 이 거리를 우리 두 사람은 어깨를 나란히 하고 걸었다. 그때의 우리 그림자가 거리를 가득 메우고 있다. 나는 몇 번이나 그 자리에 멈춰 서서 스쳐가는 학생들의 발걸음을 눈으로 따라갔다.

교문을 들어서자, 기억은 내 가슴을 한층 더 격하게 뒤흔들어놓았다. 모든 것이 육 년 전과 같았다. 곧장 학생회관 쪽으로 향했다. 수업이 끝나면 우리는 늘 학생회관 앞 1호관 로비에서 만나곤 했다. 아오이는 늘 창가 의자에 앉아 있었다. 등 뒤에서 비쳐오는 햇살을 받아 검은 아우트라인으로 떠오르는 아오이의 모습은 마치 중세 시대의 그림 같았다.

그녀가 한꺼번에 밀려가는 학생들 틈에서 내 모습을 찾으려고 애쓰면, 난 일부러 나무 그늘 뒤에 숨어 가만 지켜보곤 했다. 아오이는 고개를 옆으로 갸웃하고 눈을 동그랗게 뜨고 나를 찾고 있었다. 평소 그렇게 차갑게 보이는 아오이가 목을 길게 빼고 나를 기다려주는 것이 너무 기뻤다. 야아! 하고 내가 나무 뒤에서 얼굴을 내밀면, 나도 금방 왔어, 하고 아무렇지도 않은 표정으로 앞서 발걸음을 옮기는 것이었다. 그녀는 그런 사람이었다. 냉정 속에 열정을 숨기고 걸어가는 듯한…….

여기저기 온통 추억이 깃든 자리다. 발걸음을 옮길 때마다 가슴이 뜨거워졌다. 2호관과 3호관 사이를 내려가는 언덕길 오른쪽에는 연못이 있고, 그 막다른 곳에 연합 서클룸이 위치해 있다.

축제 때가 되면, 이 언덕길을 바삐 오가며 준비에 여념이 없는 학생들의 활달한 모습을 볼 수 있다. 우리는 그런 학생들의 바쁜 발걸음에 역류하는 듯이 천천히 이 언덕길을 내려갔다.

테니스 코트가 있는 잡목림에서 사람 눈을 피해 손을 잡았다. 커다란 밤나무 아래서 우리는 처음으로 입을 맞췄다. 교정이라는 장소가 오히려 우리를 대담하게 했는지도 모른다. 남의 눈을 의식한 서툴고 황망한 입맞춤이었지만, 아오이의 부드러운 입술 감촉은 아직도 내 기억 속에 뚜렷이 남아 있다. 한 번 입술을 뗀 후, 열을 띠어 몽롱한 표정으로 다시 한 번 입을 맞추려 하는 나를 밀치고, 아오이는 70주년 기념강당 쪽으로 마구 달려가는 것이었다.

지금처럼 가을이었다. 낙엽을 밟으며 나는 언덕길을 달렸다. 뒤돌아보는 아오이의 얼굴 가득 미소가 넘쳐흘렀다.

그 기억을 반추하면서 어두워질 때까지 나는 대학 주변을 배회했다.

밤, 스케치북에 아오이의 얼굴을 그려보았다. 열린 창 저편 하네기 공원의 어두운 거목의 윤곽이 가로등 불에 비쳐 한층 더 울창하게 보였다. 치즈를 안주로 싸구려 포도주를 마시고, 술기운을 빌려 몇 장이고 그녀의 얼굴을 그려댔다. 하나하나가 다른 아오이의 얼굴이었다. 그녀는 이보다 더 상냥한 표정이었는데, 그렇게 중얼거리며 한숨을 몰아쉬었다.

아오이의 얼굴이 내 속에서 옅어져가고 있었다. 글라스에 담긴 포도주를 한꺼번에 비우고, 억지로 미소를 그려 넣었다. 육 년이란 세월이 지났으니 어쩔 수 없는 노릇이다. 아무리 그녀를 생각하고 또 생각한들, 그 옛날은 되찾을 수 없는 것이다.

내 서른 살 생일날, 피렌체의 두오모, 쿠폴라 위에서 만나기로, 어때?

약속도 아닌, 어린애들 장난 같은 어투로, 그녀는 분명 그렇게 말했다. 그녀가 한 말이지만, 아오이가 그때의 일을 기억하고 있으리라고는 생각되지 않는다. 그 후 헤어질 때까지, 우리 사이에서 그 약속이 화제에 오른 적은 한 번도 없었으므로.

빈 글라스에 새로 와인을 따르는데 현관에서 벨 소리가 울렸다. 열린 창에서 가을의 차가운 밤공기가 실내로 스며들었다. 창을 닫고 나서 현관 창문으로 바깥을 보는 순간, 나도 모르게 비명을 지를 뻔했다. 메미가 서 있었다. 얼른 뒤로 물러서서 멍하니 문손잡이를 바라보고 있는데, 다시 벨이 울렸다.

"쥰세이! 있는 것 알아. 도망치지 말고 문 열어. 방금 창을 닫았잖아."

그 목소리에 떠밀려 문을 열었다. 그녀는 발로 문을 활짝 밀치고 큰 가방을 안으로 던져 넣더니 씩씩하게 방 안으로 들어섰다. 그리고 내 품에 몸을 던지며 울었다.

왜 연락해주지 않았어, 몇 번이나 편지를 썼는데. 그러나 그 말은 울음소리에 뒤섞여 웅얼웅얼하는 소리가 되어버렸다.

"벌써 내가 싫어졌어? 그럼 헤어지자고 해. 말도 없이 떠나더니 연락도 안 주고, 너무해. 정말 너무해. 메미도 사람이야. 나름대로 생각도 하고, 고민도 하고, 괴로울 때도 있단 말이야."

그러면서 그녀는 크게 숨을 몰아쉬고, 그렇게 보이지 않을지도 모르지만, 이란 말을 덧붙이더니, 서로 만나지 못한 반년의 시간을 한꺼번에 메우기라도 하려는 듯, 왕!, 하고 울음을 터뜨렸다.

어떻게 해야 좋을지 몰라 그녀를 부드럽게 끌어안은 채, 씁쓸한 눈길로 문만 바라보고 있었다. 그 문 건너편에 피렌체의 거리가 펼쳐져 있는 듯한 느낌이 들었다. 아르노 강, 조반나의 공방, 베키오 다리, 시뇨리아 광장, 우피치 미술관, 그리고 두오모. 다시 가슴속에서 과거가 소용돌이치기 시작했다.

"온다고 연락이라도 해야 마중을 나가지."

그렇게 말하자, 메미는 내 가슴에서 얼굴을 떼어내고, 험악한 표정으로 나를 노려보았다.

"편지 답장도 안 주는 사람이 어떻게 마중을 나와?"

"마중 나갈 거야."

"왜?"

"왜라니, 일부러 이탈리아에서 나를 보러 오잖니."

"그런 말투, 사람을 모욕하는 거야. 좋아하는 사람이니까 마중 나간다는 말은 왜 못해? 내 말 틀렸어? 난 쥰세이가 좋으니까 학교까지 그만두고 이렇게……."

"잠깐. 학교 그만둔 걸 내 탓으로 하지 마. 그만두고 싶어 했잖니."

"자기 정말 너무해. 이탈리아에서 일본까지 몇 시간이나 걸리는지 알기나 해? 쥰세이 마음을 알기 위해서 모든 걸 버리고 왔단 말이야."

다시 한 번 메미를 꼭 끌어안았다. 그러나 메미는 격렬하게 몸을 흔들며, 그만둬, 그런 동정 받고 싶지 않아, 하고 외쳤다.

"이탈리아를 떠나면 사랑도 떠날 수 있다고 생각했겠지."

"그렇게 말하진 않았어."

"그렇게 말한 거나 똑같잖아. 편지도 주지 않았잖아."

"전화는 했어."

"전화도 한두 번뿐이야. 그것도 물건 좀 보내라고, 주소만 남겼어. 난 쥰세이의 여동생도 어머니도 아니란 말이야. 연인이잖아."

"연인이라……."

"아냐?"

메미의 눈에는 다시 눈물이 고였다. 눈이 빨갛게 물들어 있었다.

"그래."

나도 모르게 그런 말을 하고서 도저히 견딜 수 없어 메미에게 등을 돌려버렸다. 정면 소파 위에는 아오이의 얼굴을 그린 스케치북이 펼쳐져 있다. 메미가 보기 전에 정리하려고, 발걸음을 옮기는 순간, 내 뒤를 따라온 메미가 먼저 거실로 들어가 그 그림을 집어 들었다. 메미가 무슨 생각을 하는지 손에 잡힐 듯이 알 수 있었다.

"몇 시에 도착했니?"

가능한 한 가볍게 이 자리의 분위기를 바꾸어야겠다고 생각했다.

"어느 나라 비행기?"

메미는 한 장을 집어 들고 내 쪽을 돌아보며, 이건 뭐야, 하고 가시 돋친 어투로 물었다.

"그림이야."

"누구?"

"그냥 상상의 인물이지. 그림 공부를 시작했어."

"상상 속의 인물인데 어떻게 얼굴이 다 똑같아."

"그게 훈련이야. 하나의 이미지를 구현시키는 훈련."

"그래도 모델이 있을 것 아냐."

나도 모르게 탄식했다.

"아아, 그렇겠지, 뭐."

"누군데?"

"딱히 누구랄 것도 없어."

"아냐, 난 알아. 이렇게 애정 어린 쥰세이의 그림, 아직 본 적이 없어."

"그럴까?"

"그래."

"흠, 그럼 내 솜씨도 이제 좀 나아진 모양이군."

메미는 내가 보는 앞에서 그 그림을 찢었다. 찢겨져가는 아오이의 얼굴을 구원할 수 없어, 그냥 멍하니 바라보고 있었다. 메미는 그런 나의 모습을 힐끗 엿보았다. 나는 과거에서 벗어나야 할지도 모른다고 바닥에 흩어진 화선지의 잔해를 바라보며 생각했다. 메미는 또 한 장을 집어 들고 한층 더 거칠게 찢어버렸다.

다음 날 아침, 눈을 뜨자 곁에는 메미가 누워 있었다. 내 팔을 꼭 부여잡은 손에는 아직도 힘이 잔뜩 들어, 마치 맹꽁이자물쇠 같았다. 빼낼 수도 없어서 그녀가 깨어나기를 기다렸다. 조용한 아침 시간에 나는 메미 곁에 얌전히 누워 앞으로의 일을 심각하게 생각해 보았다. 난 도대체 뭘 하고 싶은 걸까, 그것을 먼저 알 필요가 있었다. 복원 일을 일본에서 찾아볼까, 아니면 할아버지의 권유처럼 직업 화가가 되기에는 늦은 감이 없진 않지만, 화가의 길을 걸을까, 또는 전혀 다른 일을 찾아야 할까. 확실한 길은 보이지 않았다. 메미와의 관계도 이대로 지속시켜야 할지 심각히 생각해보아야 했다. 모든 것이 그냥 흐름에 맡긴다고 해결될 그런 단순한 문제가 아니었다.

우메가오카에서 지내는 메미와의 생활은 피렌체와는 달리 정신적으로 서로에게 압박감을 주었다. 그 이유의 하나는, 그녀에게는 나 외에 도쿄에서 의지할 사람이 없다는 것이다. 어머니가 센다이 쪽에서 생활하고 있었고, 새 아버지의 얼굴도 보기 싫어해서, 몇 년이나 송금만 받는 그런 가족 관계가 지속되고 있었다.

피렌체에서는 서로가 기분이 움직일 때만 같이 있으면 됐지만, 여기서는 줄곧 같이 생활해야 했다. 아침부터 밤까지 메미는 내 곁에 있었다. 싸움을 해도 그녀나 나나, 도망칠 곳이 없었다.

"어떡할 생각이야?"

아침을 먹으면서 나는 메미에게 물어보았다. 뭘?, 하고 그녀는 되물었다.

"언제까지 이런 생활을 할 거니. 이렇게 매일 같이 생활하는 건 좋지 않은 것 같아."

"물론, 이래서는 안 돼."

"그럼 어떡할까."

"쥰세이는 어떻게 생각해? 일도 하지 않고 이렇게 할아버지 도움만 받으며 살아갈 생각이야?"

아냐!, 하고 강력하게 부정하면서도 더 이상 반론할 말이 없었다.

"일 안 해?"

"해야지."

"해줘, 나를 위해."

"메미를 위해?"

"응, 우리의 미래를 위해."

눈을 반짝이며 그렇게 말하는 메미의 시선을 피하고 말았다. 미래를 위해? 마음속으로 나는 자문했다. 미래를 위해 살아본 경험 따위는 없었다. 메미가 바라는 미래를 함께 엿본다는 것 자체가 하나의 공포였다. 이제 어떤 행동으로든 이런 교착 상태를 타파하지 않으면 안 되었다.

사람은 모두 미래를 향해 살아가야만 하는 걸까.

우리는 그냥 하릴없이 하네기 공원을 배회했다. 예전에 아오이와 함께 걸었던 이 공원을 지금은 메미와 함께 걷고 있다. 피렌체보다도 도쿄의 공기가 더 무겁게 느껴지는 것은 나만의 감각일까. 거기에 대해 물었지만 메미는 대답을 주저했다.

8

Un Dolce Ricordo

엷은 핑크빛 기억

시간은 흐른다. 그리고 추억은 달리는 기차 창밖으로 던져진 짐짝처럼 버려진다.

시간은 흐른다. 바로 어제처럼 느껴지던 일들이, 매 순간 손이 닿지 않는 먼 옛날의 사건이 되어 희미한 기억 저편으로 사라진다.

시간은 흐른다. 인간은 문득 기억의 원천으로 돌아가고 싶어 눈물 흘린다.

1999년 초봄. 오랜 겨울이 끝나고 따스한 햇살과 서늘한 바람이 새로운 계절을 알려주었다.

또 봄이 왔다.

나는 하네기 공원의 매화가 엷은 분홍색으로 흐드러지게 피어나, 푸른 하늘과 땅 사이를 수채 물감으로 그은 듯이 엷게 물들이는 것을 바라보며 한숨 섞인 목소리로 중얼거려본다.

내 곁에는 메미가 있고, 난 아직 백수이고, 게다가 나는 과거의 사슬에 얽매여 아직도 아오이를 잊지 못하고 있다.

사람의 마음이란 이렇게 번잡하다. 마음이라는 부분이 육체의 어디에 붙어 있는지 모르는 탓도 있다. 그래서 마음이 아프지만, 어깨나 발목의 아픔과는 달리 어떻게 처리할 길이 없다. 그래서 생각해 본다. 나는 가슴에 생채기를 내는 아픔을 그냥 그대로 내버려두고 있었다. 시간이 해결해줄 거라고, 흘러가는 시간이 마음의 병을 치유하고 과거를 잊게 해주리라 기원하면서…….

마음의 오랜 상처가 점점 더 아파오는 이유는 그날이 다가오기 때문이다. 약속한 날까지 이제 일 년 남았다. 기대하는 것이 오히려 이상하다. 마치 꿈속에서 주고받은 듯한 근거도 없는 약속. 그러나 치유할 길 없는 내 마음은 분명히 그날 쪽으로 기울어져가고 있었다.

메미의 요구로 그녀를 품에 안아도, 마음은 이미 거기에 없었다. 남자라는 동물이란 이렇게 허망하다. 마음에도 없는 여자를 안을 수도 있기에. 그것은 반쯤은 동정에 의한 것이기도 하고, 그래서 메미를 모욕하는 일이기도 하였다. 이런 상태가 계속되어서는 안 된다고, 관계를 마칠 때마다 후회하지만, 오늘이라는 날을 어떻게든 지내고 보자는 게으르고 자포자기적인 성격 탓에 나는 일순의 쾌락에 몸을 맡겨버리고 마는 것이다.

마음에 없는 사무적인 행위라는 것을 메미가 눈치채지 못할 리가 없었다. 오히려 그 때문에 메미는 집요하게 하루에도 몇 번이나 나를 갈구하는 것이다. 그녀로서는 나에게 안기는 것 외에는 나의 존재를 확인할 방법이 없는 것이다. 서로를 안는 것이 두 사람을 하나로 이어주는 가장 확실한 방법이기라도 한 것처럼.

미래가 불안해지면 질수록, 그녀는 나를 더욱 격렬하게 원했다. 처절하게 내 가슴에 매달렸다. 가슴에 달라붙어 떨어질 줄 모르는 그녀를 안심시키는 방법은 섹스뿐이었다. 어떤 말보다도 기계적인, 또는 작업 공정과도 같은 집중적이고 열성적인 행위에 의해서만 그녀는 우리의 관계를 만족스럽게 확인하고 안심하는 것이었다.

그러나 나는 그녀를 안으면서도 때로 착각에 빠진다. 내 가슴 아래 안겨 있는 이 여자가 메미가 아니라 아오이인 것 같은 느낌에 사로잡히는 것이다.

"왜 눈을 꼭 감고 있었어?"

메미는 관계가 끝난 후 천장을 멍하니 바라보는 나를 향해 물었다. 어둠 속에 숨어 있는 아오이. 겁을 먹고 새파랗게 질려 있는 아오이. 두 사람이 기억 속에서 꼭 안고 있는 장소는 십 년 전의 이 방, 또는 소시가야오쿠라의 그녀의 방. 그녀는 결코 밝은 곳에서의 관계를 허락하지 않았다. 그 때문에 내 기억은 항상 밤이다. 여름이면 달빛에, 겨울이면 스토브의 붉은 전열선에 어렴풋이 비쳐지는 그녀의 뿌연 몸 선과 젖은 두 눈이 떠오른다.

"쥰세이!"

아오이의 목소리가 들렸다.

"아직 날 용서해주지 않니?"

나는 눈꼬리에 힘을 넣었다. 아오이가 몸을 흔든다. 눈두덩이가 뜨거워졌다. 그것이 눈물이라는 것을 느낄 때까지 몇 초의 시간이 필요했다.

"쥰세이!"

다시 목소리가 들려왔다. 목소리는 아까보다 더 가깝고 선명했다. 눈을 뜨자, 나를 응시하는 메미의 눈동자가 있었다.

"기분은 어때?"

"기분?"

"아냐, 그냥 물어본 거야."

우리는 안기 전에, 사소한 일로 다퉜다. 최근 들어 매일 아무것도 아닌 일에 마음 안 맞는 부부처럼 싸움이 잦아졌다. 당연히 미술관으로 가야 할 나였지만, 갑자기 가지 않겠다고 한 것이 시초였다. 그래서 화해하는 기분으로 둘은 관계를 가졌던 것이다.

오후, 갑자기 할아버지가 쓰러졌다는 소식이 들려왔을 때, 나는 메미와 허락도 받지 않고 할아버지의 그림으로 벽을 장식하고 있었다.

관계를 마치고 우리는 창고로 쓰는 구석방에 보관된 할아버지의 그림을 엿보고 있었다. 메미와 나는 중남미를 횡단하면서 그린 초기의 작품을 가장 좋아했다. 그 그림들을 보면서 메미는 눈물을 글썽였다. 거기에 그려지지 않은 사람들의 삶이 보이는 것 같다고 하면서.

메미는 아버지와 대화를 나눌 수 없었다는 충격에서 아직도 벗어나지 못하고 있었다. 그것 또한 그녀가 내게서 떠나지 못하는 이유 중의 하나였다. 그녀는 분명 나를 통해 자신의 가족을 바라보고 있었다. 그것은 거의 망상에 가까운 것이었다. 때로 그녀는 아득히 먼 곳에 초점을 맞춘 아스라한 눈길로, 쥰세이와 결혼하는 게 내 꿈이야, 쥰세이의 아이를 낳는 것이 나의 미래, 라고 중얼거려 내 신경을 갉고 있었다.

"이 그림을 저 방에 걸어두면 어떨까?"

하고 그녀가 말했다.

나도 동의하고, 100호나 되는 〈인연의 사슬〉이라는 제목의 그림을 끌어내어, 낑낑거리며 벽에 거는 작업을 마쳤을 때, 전화벨이 울렸다.

우리는 그림 쪽으로 눈길을 던지고, 말없이 외출 준비를 서둘렀다. 메미는 자신도 따라가겠다고 고집을 부렸다. 일단 어떤 상태인지 보고 오겠다고, 혼자 갔다 오겠다 했지만, 메미는 고개를 가로저었다.

"할아버지와 난 친구니까."

할아버지가 입원한 미타카의 병원으로 달려갔다. 전화를 건 사람은 아버지 기요마사의 여동생인 아가타 후미에였다. 후미에도 화가인데, 결혼에 실패한 후로는 식물인간이 되어버린 할머니를 돌보며 살았었다.

미타카의 병원은 아버지가 태어난 병원이기도 하고, 할머니가 숨을 거둔 병원이기도 했다. 최근 들어 건물을 보수해서인지, 할머니가 입원할 당시의 어두운 분위기는 찾아볼 수 없었다. 입구로 들어서자 안마당 쪽에서 시원한 바람이 불어왔다.

내가 일본으로 돌아왔을 즈음, 아가타 세이지 할아버지는 미타카 집에서 같이 살자고 했지만, 아버지와 많이 닮은 후미에의 딱딱한 분위기가 싫어서 우메가오카에서 혼자 살기로 했다. 후미에와는 오랜만의 재회였다. 당혹스러워하는 기색이 역력한 그 얼굴 어디에 딱딱하고 신경질적인 인상이 있었는가 싶을 정도로 슬픔에 젖어 있었다.

"갑자기 쓰러지셨어."

후미에는 눈물을 글썽이며 내게 말했다.

"지금은 어때요?"

"아직 의식도 없어. 들어가봐, 얼굴은 볼 수 있으니까."

우리는 후미에의 안내를 받으며 아가타 세이지의 병실로 향했다. 블라인드가 반쯤 내려진 창밖으로 이노카시라 공원의 녹음이 엿보였다. 할아버지는 최상층 개인실의 커다란 침대에 누워 있었다. 코에 꽂힌 관, 정기를 잃은 얼굴을 감싼 붕대가 쓰러질 당시의 상황을 웅변하고 있었다.

메미를 후미에에게 소개할 때 외에는 거의 아무런 대화도 나누지 않고, 세 사람은 가만히 할아버지의 얼굴만 바라보고 있었다. 피렌체에서 '빈틈'이 많다고 하면서, 내 배에 주먹을 먹이던 활기찬 할아버지의 얼굴이 떠올랐다. 상태가 좋아질지 나빠질지도 추측할 수 없다고 했다.

"오빠가 돌아온대."

후미에가 할아버지의 얼굴을 응시한 채 말했다. 어떻게 대답해야 좋을지 몰랐다. 고등학교를 졸업하고부터, 나는 아버지와 마주 앉은 적이 거의 없었다. 화가였던 어머니를 자살로 몰아넣은 것이 아버지라는 생각이 들었기 때문이다.

"정말 올까?"

"올 거야."

"어떻게 알아?"

"유산이 있으니까."

다시 한 번 후미에를 바라보았다. 옆에서 바라보는 관자놀이 주위에 푸르스름한 선이 불거져 있었다. 아버지가 화를 내면 그처럼 시퍼런 혈관이 불거졌다. 어린 시절, 나는 아버지의 피는 파랗다고 믿었다.

할아버지에게는 삼백 평이나 되는 미타카의 저택을 비롯하여, 오랜 세월 전 세계에서 모아들인 그림 컬렉션 등, 많은 유산이 있었다. 당연히 아버지에게는 그것을 상속받을 권한이 있었다.

면회 시간이 끝날 때까지 로비에서 기다리고 있다가, 고비를 넘겼다는 의사의 말을 듣고 돌아가기로 했다.

그날 밤엔 벽에 걸린 할아버지의 그림을 감상하면서 메미와 나는 포도주를 땄다. 할아버지에게도 수명이란 게 있는 거야, 라고 나 자신을 달래면서 포도주를 목 안으로 부어 넣었다. 할아버지에게 만약의 사태가 발생하면 나는 도대체 어떡하면 좋을지 생각하기도 싫었다. 나에게 있어 할아버지란 존재는 보통 사람의 아버지와 어머니 같은 무게를 가졌던 것이다.

"아직도 할아버지와 의논할 일이 산처럼 쌓여 있는데……."

그렇게 말하자 메미는 부드러운 눈길로 내게 몸을 기대며 고개를 끄덕였다.

"괜찮을 거야. 꼭 일어나실 거야."

"만일 무슨 일이라도 생기면 이 세상엔 나 혼자뿐이야."

메미는 작게 한숨을 내쉬었다.

"내가 있잖아."

우리는 서로를 바라보았다. 메미의 깊이 팬 눈가에 눈물이 흘러내렸다. 우리는 자연스럽게 입을 맞추고, 혀를 밀어 넣었다. 그녀의 눈물이 내 볼을 타고 흘렀다. 메미의 두 팔이 나를 세차게 끌어안았다. 마음이 푸근히 가라앉았다.

다음 날, 나는 생각지도 않은 친구의 방문을 받았다. 아침 열 시에 현관에 벨이 울려, 목을 감고 있는 메미의 팔을 풀고 잠이 덜 깬 눈을 손가락으로 부비면서 나가 보니 대학 시절의 친구가 서 있었던 것이다.

"설마 했더니."

친구는 놀란 얼굴이었다. 누군데, 하고 등 뒤에서 웅얼거리는 메미의 목소리가 들려왔다. 마치 일거에 과거 학창시절로 되돌아온 듯한 착각에 빠져들었다.

"어! 여긴 웬일이야."

"뉴욕에 있는 줄 알았는데."

"어떻게 여길 왔니?"

"이 부근에 자료 조사할 게 있어서 왔다가, 이 앞을 지나가는데 이 집이 옛날 그대로 있어서 말이야."

"정말 깜짝 놀랐어."

"문패가 'AGATA'로 되어 있어서, 혹시나 했는데, 자네가 나올 줄이야."

"야아, 정말 오랜만이다."

우리는 서로를 끌어안았다. 안쪽에서 파자마 차림의 메미가 나왔다. 누구, 어떻게 된 거야, 하고 메미는 남자끼리 끌어안은 모습을 보고 눈을 동그랗게 떴다.

안도 다카시는 대학 시절의 친구다. 이른바 우등생으로, 난 이 친구 덕분에 졸업할 수 있었다 해도 과언이 아니다.

"시험 볼 때마다 커닝시켜줬지."

다카시는 성실하게 엄한 자세로 열심히 노력하는 당시의 모습과 조금도 다를 바 없는, 아니 당시보다 한층 더 성숙하고 올곧은 눈길로 나를 응시하더니, 같은 나이임에도 훨씬 더 연장자 같은 느긋한 표정으로 웃음을 머금으며 고개를 끄덕였다.

“내게 감사해야지, 내가 있었기에 지금의 네가 있는 거야.”

“지금의 나, 지금…… 미안해. 정말 고마워.”

“어어, 이러지 마, 고개까지 숙이고 그래.”

우리 둘은 서로의 얼굴을 바라보며 웃었다.

메미가 점심을 준비하겠다 하는 것을 제지하고, 밖으로 나가기로 했다. 동거 생활하는 지금의 모습을 다카시에게 보여주고 싶지 않았다. 메미에 대해서는 ‘애인’이라고 말해두었다. 그 말을 듣는 순간, 명백히 다카시의 시선은 과거를 떠돌고 있었다.

우리는 그리운 그 옛날 대학 시절 이야기로 꽃을 피웠다. 그러나 거기에는 한 사람이 빠져 있었다. 메미 앞에서는 절대로 말할 수 없는 한 사람이.

역전 레스토랑에서 대낮부터 포도주로 건배를 나누었다. 추억이 꽃피어나기 시작했다.

축제날 밤, 술에 취해 선배에게 대들다가 친구들이 지켜보는 앞에서 두들겨 맞던 일, 학생회관 홀에서 친구들과 쓸데없는 잡담을 나누던 일, 둘이서 단가와 하이쿠 서클을 만든 일. 다카시의 권유로 자원봉사 활동에 참가한 일, 거기서 알게 된 여학생과 다카시가 사랑에 빠진 일…….

“쥰세이는 사귀는 사람도 없었니?”

우리는 줄곧 한 가지 사실만은 숨긴 채 이야기를 나누고 있었다. 보통은 그런 이야기부터 먼저 시작해야 함에도 불구하고, 마치 일부러 어떤 것을 피하여 빙 둘러서 집으로 돌아오는 듯한 태도로 이야기를 나누고 있었다. 우리는 동시에 메미 쪽을 바라보았다. 어색한 분위기를 메우려는 듯, 다카시가 소리 높여 웃었다.

"난 도무지 이유를 모르겠지만, 이 친구, 너무 인기가 좋아서 말이야, 여자가 한둘이 아니었어."

나는 웃을 수 없었다.

"내가 더 멋진 남잔데."

다카시는 적당히 얼버무릴 태도를 취하지 않는 나를 보고, 억지로 웃음을 띠려 노력했지만, 결국 어색하게 얼굴을 비틀며 입을 다물어버렸다. 메미는 재빨리 우리의 얼굴을 번갈아 바라보더니, 나중에는 내 눈만 노려보았다.

"뭘 숨기고 있어."

다카시는 숨기기는 뭘 숨기겠냐고 적당히 얼버무렸다.

"메미, 그런 표정 짓지 말고 먼저 돌아가. 오랜만에 친구 만나서 이야기 좀 해야겠어."

왜 나를 쫓으려 해, 라는 표정으로 메미는 내 얼굴을 바라보았다. 그러나 나는 평소와는 달리 냉랭한 눈길로 메미를 노려보았다. 옛 친구에게, 특히 아오이에 대해 누구보다 잘 아는 다카시에게 지금의 메미와 나의 모호한 관계를 보여주고 싶지 않았다.

자기를 따돌린다고 생각한 메미는 갑자기 히스테리를 일으키며 얼굴을 돌려버렸다. 다카시와 나는 뾰루퉁해진 메미를 무시하고, 제각기 자신의 현재에 대해 속삭이듯이 대화를 나눌 수밖에 없었다.

"불교? 아직 대학생? 정말 넌 공부를 좋아하는구나."

감탄하는 나를 향해 다카시는 은은한 미소를 던지며 말했다.

"정확히 말하자면 종교학이야. 난 붓다의 가르침에 관심이 많아."

다카시가 대학원을 졸업한 후, 새삼 종교를 배우기 위해 편입하게 된 속사정을 이야기하기 시작했을 때, 메미는 벌떡 자리에서 일어서더니 나가버렸다.

"괜찮니?"

하고 다카시는 걱정스러운 표정으로 메미의 뒷모습을 바라보았다.

"괜찮아. 늘 저래."

나는 뒤도 돌아보지 않고 다카시의 눈을 바라보며 그렇게 말했다. 다카시는 언제까지고 메미의 뒷모습에서 눈을 떼지 못하고 있다가, "예쁜데" 하고 기어들어가는 목소리로 중얼거렸다. 다카시의 눈 속을 들여다보았다. 다카시가 바라보고 있는 것은 메미의 뒷모습이 아니었다. 그것은 학생 시절, 아오이의 고독한 그림자였다.

"아오이를 만났어."

갑자기 다카시의 입에서 튀어나온 그 말은 이제 조금 안정을 되찾고 있던 내 마음을 마구 흔들어놓았다. 둘만 남으면 분명 그의 입에서 어떤 식이든 아오이를 둘러싼 이야기가 나오리라 예상도 했고, 또 각오도 하고 있었다. 그러나 다카시가 쏟아낸 말은 아오이에 대한 단서가 아닌, 아오이의 일상 그 자체에 대한 것이었다.

"만났어? 지금 어디에 있어? 뭘 하고 있는데?"

학생 시절, 내가 아오이를 만날 수 있는 계기를 만들어준 장본인이 바로 다카시였다. 아오이와 다카시는 둘 다 귀국 자녀로, 그것도 같은 밀라노 일본인 학교의 동급생이었다. 같은 반이었던 다카시는 어느 날, 아오이라는 여자를 소개해주었다. 한눈에 반해버렸다. 나는 옛날에도 지금처럼 결코 용기 있는 편은 아니었다. 숫기가 없어서 내가 먼저 여자에게 말을 거는 법도 없었다. 아오이에 대한 생각이 나날이 심각해지면서 나는 처음으로 이 기분을 다카시에게 의논했다. 어이없는 일이지만, 아오이가 나에 대해 어떻게 생각하는지 다카시에게 먼저 물어보게 하고, 그제야 겨우 내 사랑을 고백할 수 있었다.

다카시는 시험 때뿐만 아니라, 나에게는 대학 생활 전부를 떠받쳐준 은인이었다.

"밀라노."

"그랬군. 밀라노로 돌아갔었어."

다카시는 일순 쓸데없는 말을 했다는 표정을 짓더니 입을 꾹 다물어버렸다. 나는 몸을 앞으로 내밀고 다카시가 입을 열 때까지 가만히 기다렸다.

"지금 그 애가 어떻게 살아가는지 이야기 좀 해줘."

망설이다가, 신중하게 말을 골라 물었다. 다카시의 눈동자 저 안쪽에서 뭔가가 조용히 빛을 발하고 있는 것을 알 수 있었다. 과거를 깨부수기 위한 현재. 숨을 멈추고, 그의 다음 말을 기다렸다.

오랜 침묵이 흐른 후, 다카시의 입에서 터져 나온 아오이의 현재를 전하는 그 말을 듣고, 난 온몸을 부르르 떨어야 했다. 그것은 내가 전혀 모르는 아오이의 모습이었다. 미국인과 동거한다는 이야기는 너무도 충격적이었다.

"아이는?"

다카시는 고개를 가로젓더니, 없는 것 같아, 하고 중얼거렸다.

"잘 들어, 쥰세이. 이제 흘러간 과거일 뿐이야. 아오이와 네가 만들어낸 과거의 슬픈 일은 모두 기억 속의 일일 뿐이야. 내 이야기가 두 사람의 인생에 영향을 끼친다면, 더 이상 말하고 싶지 않아. 그녀에게는 새로운 인생이 있어. 너도 그렇고."

나는 탄식했다.

잠시 마음이 가라앉기를 기다렸다가, 작은 목소리로, 알았어, 하고 대답했다.

아오이의 서른 살 생일날에 피렌체의 두오모 꼭대기에서 만나기로 한 약속은 그냥 구두선으로 끝나고 말 것이라는 예상이 하나의 사실로서 확정되는 순간이었다. 두 사람이 가장 행복할 때 나눈 약속이다. 그 후 불행에 빠지기도 하면서 나름대로의 인생을 살아온 현재의 두 사람에게, 그때 나누었던 농담 같은 약속이 실현될 가능성은 일 퍼센트도 되지 않을 것이다. 그냥 웃을 수밖에 없었다. 웃음을 터뜨리는 나를, 다카시는 동정 어린 시선으로 바라보았다.

우리는 하네기 공원을 걸었다. 매화가 흐드러지게 피어난 공원에는 수많은 사람들이 모여 있었다. 우리는 사람들 사이를 뚫고, 다카시가 자료를 빌리러 왔다는 종교학계의 거두가 사는 집 방향을 바라보았다.

공원 출구에서 다카시는 지갑 속에서, 언젠가 만나면 전해주려고 이렇게 넣어두었다고 하면서 한 장의 종잇조각을 꺼내어 건네주었다.

"그렇지만 너랑 이렇게 쉽게 만날 줄이야 꿈에도 생각 못 했어. 내가 무슨 큐피드가 된 기분인데 그래."

거기에는 주소 같은 것이 적혀 있었다. 낯익은 글씨체. 그것이 아오이가 손수 쓴 문자라는 것을 깨닫기 전에, 다카시는 아오이가 건네준 것이라고 했다. 이걸 내가 가져서 뭘 해, 하고 반사적으로 물었다. 그는 힘없이 고개를 가로저었다.

"헤어질 때 아오이가 말없이 건네준 거야. 물론 너에게 건네주라는 말은 없었어. 그러나 이걸 건네주는 순간, 그녀의 눈동자 깊은 곳에서 빛나는 무엇을 보았지. 그게 마음에 걸리더라. 나의 심한 비약일지도 몰라. 그렇지만 이렇게 이 거리에서 옛날로 돌아온 것처럼 너를 만났다는 건 단순한 우연만은 아닐 거야. 내가 지금 공부하는 분야도 이런 우연을 학문적으로 설명하려는 거지. 이건 어떤 의미에서 부처님이 내게 던져준 시련의 하나일지도 모르겠어."

그렇게 말하고 다카시는 은은한 웃음을 던졌다. 마치 자기 자신에게 다짐하는 듯이. 그러더니 문득 웃음을 멈추고, 다카시 특유의 엄숙하고 진솔한 표정으로 하나의 사실을 고했던 것이다.

"한 가지, 꼭 말해둬야 할 게 있다."

다카시는 내 앞길을 가로막는 듯한 몸짓으로 우뚝 섰다. 갑자기 내 앞에 나타난 옛 친구. 그리고 그 친구에게 갑작스럽게 듣게 된

아오이의 소식. 나는 과거에서 미래로 역류해가는 기억의 강 위에서 헤엄치고 있었다.

"너를 속이고 그녀 마음대로 그 일을 저질렀다고 생각하면 오해야."

다카시는 내가 모르는 아오이의 일을 이야기하기 시작했다. 바람 속에서 옛일이 풍경처럼 흔들리며 깡마른 소리를 내고 있었다. 얼음과 얼음이 글라스 안에서 부딪치는 듯한 서늘한 소리가 들려왔다.

다카시의 뒷모습을 지켜보면서, 나는 그 자리에서 한 걸음도 옮길 수 없었다. 눈을 감았다. 거기에 십 대의 아오이가 서 있었다. 혼자서 어두운 거리를 걸어가는 아오이의 모습이었다. 나는 상상 속의 그 모습을 향해 소리 높여 이름을 부르고 싶었다. 가냘픈 어깨를 아래로 축 늘어뜨린, 지금이라도 쓰러져버릴 듯한 고독한 그녀의 모습을 향해.

그날 밤, 나는 잠들 수 없었다. 침대에서 일어나 메미 몰래 아오이에게 보낼 긴 편지를 썼다.

9

Legame

인연의 사슬

편지를 썼다는 것, 또 그것을 우체함에 넣었다는 그 사실에 의해, 무엇 때문인지 나는 모든 것을 체념한 사람처럼, 아오이를 잊겠다고 결의했다. 오늘날까지, 내 가슴속의 아오이는 집요하게 일상 속을 파고들었다. 그렇지만 이제는 독감을 한 고비 넘긴 것처럼 모든 것이 가벼워졌다. 아니, 그것은 가벼움이 아니라, 오히려 무거움이라 해도 좋을 것 같다. 너무 무거워서 체념할 수밖에 없었다.

다카시가 내게 고한 그 사실이 과거의 모든 수수께끼와 의구심들을 깨끗이 날려버렸다.

"유산?"

"응, 어차피 구할 수 없었대."

다카시는 고개를 설레설레 저으며 그다음 말을 이었다.

"그러나 그녀가 그렇게 할 수밖에 없었던 다른 이유가 있었어."

나는 긴장된 표정으로 다음 말을 기다렸다. 판결을 기다리는 피고의 기분으로…….

"아오이 앞에 나타난 네 아버지가 아기를 지우라고 강요한 거지."

"어떻게 그런 일이?"

다카시는 내 눈을 똑바로 쳐다보았다.

내가 없을 때 우연히 아버지가 내 방을 찾아왔다. 거기에는 방금 산부인과에서 돌아온 아오이가 있었다. 당시의 아버지 애인, 즉 나의 새엄마가 테이블 위에 놓인 태아의 초음파 사진을 발견하고 말았다. 아버지는 그녀에게 무자비한 언어폭력을 가한 후, 쥰세이에게 어울리는 여자를 며느리로 삼을 생각이니 꿈도 꾸지 말라고 했다. 남 몰래 동거나 하는 그런 여자와 결혼시킬 수 없다, 부모 몰래 아기를 만들 애가 아니다, 어떻게 아들을 꼬셨느냐, 원하는 게 뭐냐, 유산이냐, 유산이라면 너나 너의 배 속의 아이에게는 단 한 푼도 줄 수 없다, 라고 했던 것이다.

아버지라면 충분히 그러고도 남을 위인이다. 세이지 할아버지가 소지한 회화 컬렉션을 아버지는 오래전부터 노려왔다. 그 새어머니와 한통속이 되어 할아버지의 유산을 혼자서 차지하려는 것이다. 나에게조차 한 푼도 건네줄 생각이 없다. 내가 아이를 낳으면 귀찮아질 것이다. 새어머니는 아버지 이상으로 그것을 원하지 않았다.

아오이에게 사죄하는 편지를 쓰면서, 그녀가 얼마나 고통스럽게 과거를 이겨냈는가를 느낄 수 있었다. 그리고 그 가혹한 시간 속에서 그녀는 나를 저주했음에 틀림없었다. 그것이 가능하다면, 시간을 돌려 그녀 앞에 서서 머리를 숙이고 싶었다. 그러나 지금은 이미 오랜 세월의 끝자락을 우리 두 사람은 헤엄쳐나가고 있다. 이제 와서 아무 소용이 없는 사죄였다.

행복하게 살아가는 그녀의 인생을 다시는 더럽히고 싶지 않았다. 그래서 나는 이탈리아로 가기를 포기하고 편지라도 쓰고자 했던 것이다. 처참한 피로감에 젖은 채, 나 자신을 저주하면서 조용히 편지를 써 내려갔다.

그것을 우체통에 넣는 순간, 나는 크게 한숨을 몰아쉬고 그냥 그 자리에 주저앉고 말았다. 눈물이 메마를 때까지 울었다. 아무것도 모르고 있었지만 모든 것은 내 책임이다. 피보다 더 붉은 우체통에 몸을 기댄 채, 내가 어떻게 이런 인생을 살아왔는가, 하고 돌이킬 수 없는 그 시간들을 애달파했다.

진실을 알고부터 나는 더 이상 망상에 사로잡히지 않으려 노력하며 살았다. 아오이의 서른 살 생일날에 피렌체의 두오모에서 만나자는 어처구니없는 약속은 꺼져가는 가느다란 촛불보다 더 희미한 빛이었다.

할아버지 문안을 가기로 했다. 할아버지는 그럭저럭 일상생활을 유지할 수 있을 정도로 회복되었지만, 쓰러질 때 머리를 다쳐 가벼운 언어 장애를 일으키고 있었다. 내 말은 알아듣지만 대답은 거의 하지 못했다. 침대에 앉아, 창밖을 바라보는 할아버지의 모습이 너무도 애처로워, 메미와 나는 할 말을 잊고 말았다.

오후, 할아버지는 후미에가 가져다준 스케치북을 펼치더니 그림을 그리기 시작했다. 입술은 조개처럼 꼭 다물었지만, 선을 긋는 손길은 너무도 요설적이었다. 메미와 같이 그림을 엿보았다. 할아버지가 쥔 연필심이 새하얀 화선지 위에서 매끄럽게 움직이고 있다. 그리고 그것은 점차 하나의 윤곽으로 드러나고 있었다.

"아, 이건."

메미는 내 쪽을 돌아보았다. 나는 할아버지의 옆얼굴을 응시했다. 광대뼈는 튀어나오고, 눈 아래도 푹 꺼졌지만, 날카로운 안광을 발하는 그 눈은 분명 거기에 없을 어떤 건물을 유리창 너머로 바라보고 있었다.

이건, 피렌체의 두오모야, 이 반원형의 탑은 브루넬레스키의 쿠폴라, 할아버지 눈에는 보이는 거야, 이 창 너머로 펼쳐지는 피렌체의 거리가…….

할아버지는 묵묵히 그림을 그려갔다. 두오모를 다 그리자, 이번에는 아르노 강에 걸린 베키오 다리를 그리기 시작했다. 그러고 나서 산타 크로체 성당의 마당을 그리고, 마지막으로 여자를 그렸다. 그것은 마리아 상이었지만, 어디선가 많이 본 얼굴이었다.

조반나…….

내가 중얼거리자, 할아버지는 나를 쳐다보았다. 굳어버린 입가 근육은 전혀 움직이지 않았지만, 눈가에는 은은한 미소가 번져나가고 있었다. 할아버지의 기억 속에는 선생의 얼굴이 선명히 아로새겨져 있음에 틀림없다.

할아버지는 그림을 다 그리자 눈을 감았다. 무언가를 생각하는 것 같아 가만히 지켜보고 있자니, 이윽고 머리가 힘없이 아래로 떨어지더니 코를 골기 시작했다.

나는 선생의 얼굴 스케치를 들고, 힘들었던 나날들을 떠올려보았다. 선생으로부터 참으로 많은 것을 배웠던 수업 시절을 추억했다. 내 몸에 배인 복원 기술은 지금 썩어가고 있다. 난, 이대로 아무것도 않고 살아갈 생각일까.

할아버지는 선생이나 피렌체 거리를 묘사함으로써 내 기억을 자극하려 했는지도 모른다.

나는 할아버지가 바라보던 창밖으로 시선을 던졌다. 거기에는 초록으로 뒤덮인 무사시노의 들판이 펼쳐져 있었다. 피렌체의 역사에 봉인시켜둔 기억 속의 거리를 마음의 붓으로 그려내기 시작했다.

잠시 할아버지의 침대를 지켜보았지만, 깨어날 것 같지 않아 돌아갈 준비를 하기 시작했다. 그때, 후미에가 문을 열고 들어섰다. 그 표정은 빛을 반사하지 않는 어둠 속에 깊이 잠겨 들어가 있었다.

왜 그러세요, 하고 묻는 바로 그 순간, 그녀의 등 뒤에서 아버지 아가타 기요마사가 얼굴을 내밀었다. 내 입은 그와 동시에 얼어붙었다. 아버지의 뒤에서 새어머니가 얼굴을 내밀었다. 물론, 이 여자를 어머니로 인정한 적은 없다.

"아, 잘 지내고 있느냐?"

아버지는 웃으면서 그렇게 말했다. 거짓으로 가득 찬 비뚤어진 미소였다. 얼굴 반은 위선으로 지낸 오랜 세월의 때가 묻어 딱딱하게 굳어버렸다. 그는 실패한 조각품이었다. 아버지의 눈길이 메미 쪽으로 옮겨갔다. 그리고 그녀의 전신을 찬찬히 뜯어본 후, 마치 냄새라도 맡듯 코로 숨을 들이쉬었다.

"이쪽은? 새 애인?"

여전히 무례한 말버릇이었다. 문득, 아오이의 얼굴이 뇌리를 스쳐갔다. 그날, 아버지가 던진 한 마디 한 마디가 나와 아오이의 역사를 만들어낸 것이다. 나와 아오이의 그렇게 단단한 인연의 사슬을 끊어버렸다. 이 사내가 우리의 행복을 무참히 짓밟은 것이다.

다음 순간, 나는 아버지를 덮치고 있었다. 그 뒤의 일은 잘 기억나지 않는다. 여자들의 비명 소리가 병실을 가득 메우고, 후미에와 메미가 필사적으로 나를 말렸다.

"내 다시 오마. 이놈 머리 좀 식혀둬."

하고 아버지는 후미에를 향해 외친 후 병실을 빠져나갔다.

간호원들이 달려와 극도의 흥분 상태에 빠진 나를 붙들었다. 결국 나는 병실로 옮겨져 진정제를 맞아야 했다.

내가 휘두른 몇 방의 주먹질 가운데 한 방은 아버지의 얼굴에 명중했다. 그 감촉은 마치 썩은 나무 둥치를 내지를 때처럼 둔탁하고 불쾌한 것이었다.

약효 때문인지, 내가 눈을 떴을 때는 이미 어둠이 내려 있었다. 병실의 불도 꺼지고, 작은 오렌지색 병실 등만이 은은히 주위를 밝히고 있었다.

곁에는 메미가 있었다. 내가 무슨 짓을 했는지, 서서히 자각하면서 그녀의 얼굴을 똑바로 볼 수가 없었다.

"물어봐도 돼?"

잠시 후 메미가 중얼거렸다. 질문이라기보다는 자신을 향해 말하는 듯한 담담한 어조였다.

"아오이가 누구?"

당혹스러운 질문이었다.

"아오이에게 뭐라고 했어, 아오이에게 사죄하란 말이야, 하고 아버지를 향해 외쳤어. 응, 아오이, 누구? 쥰세이가 이전에 스케치북에 얼굴을 그렸던 그 동급생이야? 오래전에 그녀와 나를 혼동하기도 했잖아. 나를 안을 때, 나를 아오이로 착각하고 이름을 불렀잖아. 응, 아오이, 누구? 그 사람을 아직도 못 잊는 거야? 쥰세이와 그 사람 사이에 무슨 일이 있었는데? 아오이와 내 아이를 돌려달라고 외쳤는데, 혹시 그건……."

메미는 거기까지 단숨에 말하고는 눈물을 글썽이며 입을 다물어 버렸다. 나는 시선을 돌려버렸다.

"옛날이야기야. 내가 학생 시절 때 사귀던 사람."

"두 사람 사이에 아기가 있었어?"

"응, 아주 짧은 시간 동안. 그렇지만 이젠 없어. 유산했으니까."

나는 자신의 말에 스스로 놀랐다. 아릿한 통증이 가슴을 짓눌러 왔다. 이젠 없는 것이다. 인간의 에고가 아기를 죽였다. 그것은 내가 죽인 거나 다름없다.

조용한 병원에도 시간은 어김없이 흘러가고 있었다. 시계의 초침이 시간을 새겨간다. 병원 특유의 냄새가 처음처럼 그렇게 불쾌하지는 않았다. 에탄올 냄새의 바다에, 상처 입은 정신으로 내가 푹 잠겨 있는 이미지가 떠올랐다.

그때, 아오이는 혼자 병원에 가서, 혼자 처리했다. 나에게는 비밀로 하고 모든 것을 혼자서 했다. 왜 나를 필요로 하지 않았을까. 고통스러울 때 아무에게도 의지할 수 없는 사람이었다. 모든 것을 늘 혼자서 결정하는 강한 사람이었다. 나는 그것을 부러워했고, 동경했고 또 저주했다.

"지금도 아오이를 잊지 못하는 거지?"

메미의 목소리가 어둠 속에서 떨리고 있었다. 그래, 잊을 수 없어, 라는 말을 하고 싶었지만 입이 떨어지지 않았다.

"우린 다신 만날 수 없어. 다시는 사랑을 나눌 수 없는 거야. 그럼 됐잖아."

내 말에 내가 취하고 있다는 느낌이 들었다. 또 후회의 감정이 일어났다.

"그렇지만 쥰세이의 마음속에는 틀림없이 아오이가 있는 거잖아."

"있다고 내가 뭘 할 수 있겠니."

"있긴 있는 거지?"

대답할 말이 없었다. 내가 아무 대꾸도 않자 메미의 어투는 점점 감정적이 되어갔다.

"둘 사이에 무슨 일이 있었는지 난 몰라. 잔인한 말인지는 모르겠지만 확실히 말해두겠어. 나와는 아무 관계도 없는, 잊을 수 없는 사람이 있는데도 나를 곁에 두고 마치 대용품처럼 여겼어."

필사적으로 억누르고 있던 메미의 감정의 봇물이 터지고 말았다. 메미는 흐느껴 울었다. 코를 훌쩍이는 소리가 공기를 울린다. 나는 메미의 얼굴을 똑바로 쳐다보았다.

"나는 나야, 누구도 대신할 수 없어. 절대로 그런 존재가 되고 싶지 않아."

"메미, 난 그런 생각으로 널 만나는 게 아냐."

그러나 메미의 감정은 이미 아무도 억제할 수 없을 정도로 심하게 뒤틀려 있었다. 목소리는 점점 더 거칠어져갔다. 메미의 마음이 손에 잡힐 듯 내 가슴에 닿아왔다.

"동정받고 싶지 않아. 여자에게 동정만큼 잔혹한 건 없단 말이야."

"잠깐 기다려!"

나가려는 메미를 불러 세웠다. 자리에서 일어서려는데 광기를 일으켰던 낮의 후유증 때문인지 가슴에 통증이 일었다. 메미는 문을 열고 우뚝 멈춰 서더니 뒤를 돌아보았다. 복도에서 흘러들어오는 빛 때문에 그녀는 선 채로 그림자가 되어 있었다. 여태 나에게 있어 그녀는 하나의 그림자에 지나지 않는 존재였을까. 그럴 리가 없다. 그러나 그것을 부정할 만한 말이 나오지 않았다. 그녀가 도대체 어떤 표정을 짓고 있는지 볼 수도, 판단할 수도 없었다.

"나는 아오이가 없는 공간을 메워주려고 준세이를 사랑한 게 아냐. 준세이가 과거에서 벗어나지 못하는 한, 난 이렇게 살 수 없어. 더 이상 모욕당하기 싫단 말이야."

메미는 울먹이며 그런 말을 남기고 나가버렸다. 다시 문이 닫히고 방 안은 어두워졌다. 오늘 하루를 돌아보면서 한숨을 내쉬었다. 복원사로서 무엇을 어떻게 복원시켜야 좋을지 생각해보았다. 이렇게 찢어진 그림을 어떻게 복원시켜야 할까. 바니스를 칠해야 할까, 판화의 뒷면을 조사해야 할까, 아니면 벌레 구멍을 막아야 할까, 먼저 액자를 바꿔야 할까, 아니면 접착을 다시 해야 할까……. 길이 보이지 않았다. 격심한 피로가 파도처럼 밀려올 뿐이었다.

나는 일어섰다. 언제까지 여기 누워 있을 순 없다고 생각하면서…….

깊은 밤, 집으로 돌아오니 자동응답 전화기의 램프가 깜빡이고 있었다. 천천히 전화기 앞으로 다가가 버튼을 눌렀다. 재생시켜보았지만 무언이었다. 물을 끓여 커피를 뽑았다. 메미일까, 하고 멍하니 생각해보았다.

테이블에 앉아 벽에 걸린 할아버지의 그림을 보면서 커피를 마셨다. 그러고 나서 다시 자리에서 일어나 전화기 쪽으로 가서 녹음 재생 버튼을 눌렀다.

한 통화 녹음되어 있습니다, 라는 기계음이 들리고, 테이프를 되감자 재생이 시작되었다. 일 초, 이 초, 삼 초, 상대는 말이 없다. 나는 귀를 가까이 댔다. 슈 ―, 하는 미세한 소리가 들려왔다.

아주 멀리서 온 전화라는 생각이 드는 순간, 그것이 아오이로부터 온 전화가 아닌가 라는 직감이 들어 몸을 부르르 떨었다. 전화는 툭 끊어졌다. 다시 재생 버튼을 눌렀다. 테이프를 되감았다. 전화기에 바싹 귀를 댔다. 슈—, 그 소리는 단순한 회선 노이즈가 아니라, 저편에서 내리는 빗소리 같았다. 도쿄는 맑다. 일기예보에 의하면, 오늘은 전국적으로 맑다고 했다.

재생이 시작되자마자, 숨길을 억누르는 듯한 미세한 호흡음이 들려왔다. 아오이라는 생각이 들어 견딜 수 없었다. 편지에는 주소밖에 쓰지 않았다. 그러나 그 주소는 십 년 전과 변하지 않았다. 그녀가 이쪽 전화번호를 기억하고 있다면 전화를 걸어온다 해도 이상한 일이 아니다. 설마.

나는 다시 한 번 재생 버튼을 눌러보았다. 테이프가 되감기고, 찰칵, 하는 소리와 함께 재생이 시작되었다. 빗소리, 미세한 숨소리, 그리고 어떤 딱딱한 소리도 들려왔다. 전화가 끊어지기 직전에 등 뒤에서 문을 닫는 듯한 딱딱한 느낌의 소리 하나가 들려왔다.

나는 수화기를 들었다. 나도 모르게 이탈리아 전화번호를 누르고 있었다. 메미의 룸메이트 인수가 나왔다. 지금 이탈리아가 몇 시인지 금방 판단이 서지 않았다. 왜 전화 저편에서 인수가 나오는지도 알 수 없었다. 반은 꿈을 꾸는 듯한 비현실적인 기분으로 오랜만에 이탈리아로 전화를 한 것이다.

그녀는 내 전화를 진심으로 기뻐해주었다. 어떻게 지내? 메미는 잘 있니?, 하고 이탈리아어로 이것저것을 물어왔다. 나는 적당히 맞장구를 치면서 이쪽 생활, 메미와의 관계 등을 간단히 전했다. 하긴 그래, 어디 있든 생활한다는 게 정말 힘들어, 하고 인수는 웃었다. 수화기 저편이 마음에 걸려 참기가 힘들었다. 지직 ㅡ, 하는 국제전화 특유의 노이즈가 내 고막을 집요하게 갉고 있었다. 나는 물었다.

"지금은 맑은데. 엣, 밀라노? 밀라노 일기를 알고 싶다고? 잠깐만, 신문을 볼게."

인수가 수화기를 놓았다. 사삭, 사삭, 하는 노이즈가 들려왔다. 도대체 이런 초조감은 어디서 오는 것일까. 침착해야 해, 나 자신을 향해 몇 번이고 그렇게 중얼거렸다. 냉정하게 생각해보면 알 수 있는 일 아닌가. 아오이가 전화를 할 리 없지 않는가. 나는 그녀에게 잔혹한 행동을 했다. 편지 정도로, 그녀가 용서해줄 리 없다. 게다가 지금 아오이는 행복하다. 과거의 불행 따위는 떠올리기도 싫을 것이다.

그런 생각을 하자 마음이 가라앉았다. 모든 것은 나의 착각이 불러일으킨 환상에 지나지 않는다. 말도 안 되는 이런 생각은 빨리 버리도록 하자.

다시, 사삭, 하는 소리가 들리더니, 인수의 웃음 띤 목소리가 들려왔다.

"오랜만에 전화도 다 한다고 했더니, 밀라노 일기를 알려달라잖니."

나는 미안해, 하고 사과했다.

"비야."

인수의 목소리에, 나는 돌처럼 그 자리에서 굳어버렸다.

"비라고 되어 있네. 이쪽은 맑은데, 그쪽에는 하루 종일 비래. 북유럽 쪽에서 차가운 비구름이 남하한대. 그럼 이쪽도 내일이면 비가 오겠지."

"……고마워."

"그건 알아서 뭘 하게?"

"아냐, 아무 일도. 또 전화할게."

"벌써 끊어? 메미는 잘 지내? 거기 없니? 그 앤 널 따라간 거야."

"방금까지 여기 있었어. 지금은 나가고 없어."

"나갔어?"

"응."

"왜? 왜 그렇게 갑자기 전화해서 밀라노 일기만 묻는 거니? 네가 그냥 전화를 끊어버리면 난 정말 혼란스러울 거야. 메미, 어떻게 지내고 있어?"

나는 천천히 눈을 감았다. 그리고 말했다.

"메미는, 나에게, 아직 잊을 수 없는 사람이 있다는 걸 알고 집을 나가버렸어."

인수에게 작별을 고하고 수화기를 놓은 후, 다시 한 번 재생 버튼을 눌러 테이프를 되감았다. 스피커에서 빗소리가 들려왔다.

다음 날부터, 나는 기다리는 사람이 되어버렸다.

밖에도 나가지 않고, 온종일 아오이가 전화를 걸어오기를 기다렸다. 그러나 일주일이 지나도 전화는 걸려오지 않았다. 메미도 돌아오지 않았다. 내가 주먹을 날린 아버지는 어떻게 하고 있을까. 할아버지는 건강을 찾았을까…….

시간만이 더 차갑게 흘러가고 있었다. 나는 사람을 사랑하는 것에 대하여 생각해보았다. 가슴이 터질 것 같았다. 편지를 보내고서 이윽고 해방되었다고 안도의 한숨을 내쉬고 있었지만, 오히려 그 어느 때보다 고통스럽지 않은가. 집을 나간 메미도 마음에 걸렸다. 모든 것이 엉망진창으로 뒤얽혀, 나를 바닥없는 늪 속으로 빠뜨리는 것 같았다.

메미의 짐은 그대로다. 그녀는 도쿄에 아는 사람이라도 있는 걸까. 메미와 아오이. 내 눈앞에, 두 여성이 전혀 다른 모습으로 버티고 서 있었다.

일을 해야겠다고 생각했다. 이 모든 것으로부터 해방되기 위해서는 일을 하는 수밖에 없다. 일에 빠져들어 모든 것을 잊고 싶었다. 할아버지의 상태가 안정되어 있을 때, 나의 미래를 보여주고 싶었다. 성실하게 일하는 모습을 보여주고 싶었다. 아니, 그것 또한 어리광이다. 나는 나를 위해 일하지 않으면 안 된다. 누구를 위해 일해서는 안 된다. 그렇게 나 자신을 향해 수도 없이 되뇌면서 옷을 갈아입었다.

벽에 걸린 할아버지의 그림은 인간에게 가장 소중한 것은 인연이며 관계의 그물이라는 사실을 이야기하고 있다. 인간 그 자체는 이 작품에 전혀 나타나 있지 않지만, 남미의 쓸쓸한 마을 한구석이 치밀하게 묘사되어 있었다. 수많은 빛줄기가 하늘로부터 땅으로 쏟아져 내려, 그 어두컴컴한 골목길에 옹기종기 모여 피어난 야생화를 밝게 비추고 있었다.

나는 인연의 사슬을 되돌릴 수 있을까, 하고 생각했다. 그리고 구두를 신었다.

문손잡이를 잡는데 전화벨이 울렸다. 반사적으로 몸을 돌려 황급히 구두를 벗고 방 안으로 뛰어 들어가 수화기를 들었다. 그러나 상대는 나의 예상을 벗어난 후미에였다.

나는 실망을 감추면서, 막 일자리를 구하려고 나가려던 참이었어요, 하고 말했다.

"할아버지가 소개한 복원소가 있어요. 거기 소장과 한번 만나보라고 해서요."

"그 참 다행이로구나."

후미에의 목소리는 평소의 냉정한 뉘앙스를 되찾고 있었다.

"아버지는 오늘 퇴원하셔. 아직 언어 장애가 남았지만, 일상생활에는 지장이 없다고, 집으로 돌아가서 요양을 하라고 하더라."

"그랬군요. 정말 잘됐어요."

"복원소에서 돌아오는 길에 들르도록 해. 아버지가 기뻐하실 거야."

"그게 좀……."

"오빠는 뉴욕으로 가고 없어. 아버지가 건강을 되찾자 재빨리 사라져버렸어."

후미에가 코웃음 쳤다. 나는, 그래요, 하고 중얼거렸다.

"아버지가 죽기를 바랐겠지만, 예상이 빗나간 거지. 건강해서 다행이라고, 말은 그렇게 했지만 표정이 어둡더라. 병원에 누워 있을 때는 빨리 유언을 하라고 닦달을 하더니 말이야."

나는 탄식하지 않을 수 없었다.

"나에 대해 뭐라 하던가요?"

"아냐, 아무 말도. 뭐든 반항하고 싶은 나이라고 하면서 투덜거리기만 하더라."

"젠장, 말도 안 돼."

"하긴 그래. 그렇지만 너도 좀 여유를 가지고 살도록 해라. 널 보자니, 꼭 옛날의 나를 보는 것 같아 아슬아슬해."

"옛날?"

"응, 옛날에 나는 늘 걱정에 휩싸이는 성격이었어. 겉으로 보기에는 평온하지만, 마음속에는 늘 충족되지 못한 뭔가가 꿈틀거리고 있었지. 처음에는 여자라서 화단이 나를 인정해주지 않는다고 생각했더랬어. 걸작을 그려도 전혀 인정해주지 않는다고 말이야. 차별이라고 생각한 거야. 개중에는 아버지의 후광으로 화단에서 기어오른다고 욕하는 사람도 있었어. 하기야 아직도 그런 사람들이 있긴 해. 그런 사람들 치고 재능이 있는 사람은 하나도 없으니까, 이제는 마음에 두지 않을 수 있어."

후미에는 생각지도 않게 자신에 대해 많은 말들을 해서 나를 놀라게 했다.

"그 당시, 내가 여자만 아니었더라면, 하고 얼마나 원망했는지 몰라. 그렇지만 이제는 그게 잘못된 생각이란 걸 알아. 예술가란 쓸데없는 일에 신경 쓰지 말고 자기 자신을 믿고 노력하면 언젠가는 정상에 올라설 수 있어. 남자건 여자건, 명성이건 성공이건, 그건 창작 활동과는 아무런 관계도 없는 거야. 보다 자연스럽게 살아가야겠다 생각하고, 아버지를 흉내 내서, 남편과 이혼하고 전 세계를 방랑한 거야. 좋은 경험이었다. 인간이란 걸 좀 알게 된 것 같은 기분이 들더라."

"왜 내게 그런 이야기를 하는 거죠?"

"뭘?"

"지금까지 내게 그런 이야기 한 적 없잖아요."

"난 쓸데없이 간섭하는 걸 좋아하지 않으니까."

"그럼 왜 이제 와서 쓸데없는 간섭을 하는 거죠?"

"그럼 좀 어떠니. 피를 나눈 사인데."

나는, 피, 하고 중얼거렸다.

"지금 널 보고 있노라면, 너무 굴레가 많아서 고통스러워하는 것 같아. 옛날에 나도 그랬지. 예술가는 굴레를 가지면 끝장이야."

난 코웃음 쳤다.

"그렇지만 난 예술가가 아닌걸요. 기술자지요. 예술가가 만든 것을 고치는 복원사잖아요."

"그렇지 않아. 난 그렇게 생각 안 해. 네가 선택한 일은 예술을 단

순히 소생시키는 마법의 지팡이 같은 일이 아닐 거야. 시간을 만들어내는 예술이라 생각해. 복원사는 멋진 예술가야. 그것도 시간을 소재로 하는."

글쎄요, 하고 말을 끊은 다음 나는 아무 말도 하지 않았다. 후미에는 복원 일을 다시 하라고 하면서 전화를 끊었다.

어딘지 모르게 후미에가 아버지와 같은 인종이 아닐까 생각했지만, 그것은 나의 큰 오산이었다. 아버지가 해야 할 말을 부모도 아닌 후미에가 해주었다는 것이 내겐 한 줄기 빛이 되었다. 문득 얼굴을 들자, 할아버지의 작품 〈인연의 사슬〉이 눈에 박혀왔다.

다시 전화벨이 울렸다. 수화기를 들고, 예, 아가타입니다, 하고 말했다. 대답이 없었다. 마음속으로 차가운 바람이 불어가는 것 같았다. 그러나 심장은 심하게 고동치고 있었다.

"죄송해요. 전화를 잘못 걸었어요."

수 초의 공백 이후, 상대는 그렇게 말하고 전화를 끊었다. 그 공백을 떠올리는 순간 번갯불이 번쩍했다.

"아오이!"

나는 수화기 저편을 향해 외쳤다. 그러나 이미 전화는 끊어지고 수화기에서는 규칙적인 신호음만이 흘러나오고 있었다.

10

L'ombra Blu

푸른 그림자

나의 광장.

예전에 그렇게 부르며 사랑하던 여인이 있었다. 세상에 녹아들지 못하고 혼자 떠돌며 살아가던 내게 있어 그녀는, 막다른 골목길에서 갑자기 나타난 도시의 광장처럼 시원스러운 존재였다. 별다른 용건도 없이 나는 시간이 남아도는 노인처럼 매일 그곳을 찾아갔다.

그녀의 품에 안겨 있을 때, 나는 자신이 고독하지 않고, 행복한 존재라 생각할 수 있었다.

미국에서 태어나 열여덟 살까지 조국을 모르고 자란 나에게, 같은 얼굴의 동년배들은 한결같이 마음의 회로가 다른 이국인이나 마찬가지였다. 사고방식이 전혀 달라서 신경을 곤두세우는 일들뿐이었다.

여기는 미국이 아냐, 누군가가 내 삶의 방식을 비판했다.

대학 생활에서 겨우 마음을 쉴 수 있는 광장을 발견했을 때, 나는 그것이 사랑이란 걸 깨달았다. 그래서 온 힘을 기울여 그녀를 사랑하고, 그 때문에 너무 힘이 들어가 사랑이 도를 넘어버렸다.

서둘지 말라고, 늘 냉정한 그 사람의 말에도 불구하고, 나는 그 사람의 모든 것을 사랑했다.

영원하지 못한 찰나의 꿈과도 같은 여름 햇살은 왜 이다지도 뻔뻔스러울 정도로 순진무구한가. 여름이 올 때마다, 그 밝은 햇살 아래서 갈 곳을 몰라, 어두운 그늘을 가려 걸어가는 나였다. 그것이 나의 인생이었다.

메미가 집을 나가고 한 계절이 훌쩍 지나가려 하고 있다. 내가 없는 틈을 타서 메미는 짐을 가지러 왔었다. 메모지에는 옛 친구 집에 신세지게 되었으니 걱정하지 말라고, 생각보다 담담한 필체의 메모가 남겨져 있었다. 그것을 마지막으로 그녀에게선 아무런 소식도 없었다.

그 옛날, 그렇게 이 우메가오카의 집을 나가버린 여자가 있었다. 아니, 정확히 말해 쫓겨난 여자가 있었다. 젖 먹던 힘을 다해 손에 넣은 나만의 광장이었다. 놀이터, 마음의 쉼터, 미래를 생각하는 장소…….

— 왜 헤어져야 하는 거야?

그녀는 현관 입구에 우두커니 선 채 떨리는 가느다란 목소리로 그렇게 말했다. 냉정을 잃은 나는 그녀가 무슨 말을 하든, 내 가슴에 스스로 못질을 하면서 부서져갔다. 너무도 사랑했기에, 돌이킬 수 없었다.

— 왜냐고? 널 어떻게 믿을 수 있겠니.

머릿속이 백짓장으로 변해 아무 말도 들리지 않았다.

— 예전처럼 살아갈 수 있을 것 같아? 웃기지 마. 네가 한 짓을 좀 생각해봐, 그것도 모르겠어. 나가줘. 두 번 다시 내 앞에 나타나지 마.

흥분한 나와는 달리, 그녀는 가만히 내 발끝을 응시하고 있었다. 그리고 얼굴도 들지 않고, 소리도 없이, 현관 바깥으로 사라졌다.

광장을 잃어버린 후, 인생의 종언을 기다리는 만년의 노인처럼 나는 더 이상 산책도 하지 않고, 다시금 고독의 방 창가에서 쏟아지는 햇살, 흘러가는 구름만 멍하니 바라보는 인간이 되었다. 마음의 문을 굳게 닫고, 누구와도 만나지 않았다.

오후, 나는 일에 나섰다. 할아버지에게 소개받은 센다가야의 복원소에 근무하게 된 지도 석 달이 지나고 있었다. 새로운 공방은 센다가야의 숲에 인접한 시원한 곳인데, 작업실 창을 통해 공원의 숲을 정면에서 바라볼 수 있었다.

일본과 이탈리아의 복원 방법에 약간의 차이는 있었지만, 할아버지의 소개도 있었고, 또한 이탈리아의 기술을 보유한 희소가치도 있다는 판단에서인지, 급료 면에서나 시간적인 면에서 생각보다 좋은 대우를 받게 되었다.

복원술이라고는 하지만 사실 개인에 따라 방법이 제각각이다. 이것이 올바른 복원술이라고 교과서적으로 결론을 내릴 수도 있지만, 실제로는 그 작품의 손상 정도, 제작 연대, 화가의 독특한 수법에 따라 복원 방법은 제각기 다르다. 거기에다 복원사 나름대로 개발한 방법 등의 차이에 따라, 복원술은 복원사의 수만큼 다양하다 해도 과언이 아니다.

내가 일본의 복원소에 취직한 것도 그리 놀랄 일이 아닌지도 모른다. 오히려 많은 경험과 실적을 가졌기에 높이 평가받은 것이다.

오랜만에 공방 냄새를 맡자, 마음이 가라앉는 것을 느낄 수 있었다. 바니스나 화구의 독특한 향기가 후각 신경을 타고 뇌 속 기억을 주재하는 장소를 자극하여, 조반나의 공방에서 일하던 가장 즐거웠던 수업 시절을 떠올리게 했다.

새로운 공방의 작업장은 각 복원사에게 충분한 공간을 주었고, 나에게 주어진 공간만 해도 조반나의 공방에서 누리던 공간의 세 배나 되었다. 또한 칸막이가 설치되어 있어 프라이버시도 유지할 수 있었다.

조용한 클래식 음악이 방해되지 않을 정도의 낮은 볼륨으로 울려 퍼지고 있었다. 천장도 높고, 작업대나 조명 기구나 크레인 등 근대적인 설비도 갖추고 있었다.

처음부터 나는 예상하지 못한 일을 맡게 되었다.

유명한 미술 컬렉터가 타계하고, 그 사람이 보유하고 있던 명화를 모두 전시하려는 기획이 세워졌다. 그 가운데는 심하게 손상된 그림이 한 점 있었는데 다름 아닌 프란체스코 코사가 만년에 그린 유채화였다.

인연과 업이 얽히고설킨 그 코사의 작품을 받아 들고 나는 놀라지 않을 수 없었다.

1605년, 이탈리아 칼라브리아에서 태어나, 1682년에 로마에서 죽은 프란체스코 코사는 일본에서는 거의 알려져 있지 않다. 그러나 미술사에 자주 이름이 거론되는 화가이다. 코사를 17세기 중엽의 가장 중요한 화가 중의 한 사람으로 규정하는 평론가도 있다. 이탈리아에서는 그의 전기도 출판되어 있다.

현재는 암스테르담의 리제스타 미술관과 코펜하겐의 국립미술관, 로마의 국립미술관 등에서 작품을 볼 수 있는데, 원래가 과작이라 남은 작품도 적고, 대부분 개인이나 성당이 소장하고 있다.

일본에서 이렇게 우연히 코사의 복원에 참가하게 된 것은 기적 같은 일이기도 하고, 심상치 않은 인연을 느끼게 하는 일이기도 하다. 어떤 사건을 겪은 이후이기도 하고, 또한 일본으로 돌아와 살아갈 길을 선택하는 데 고심하던 시기이기도 해서, 갑자기 내 눈앞에 나타난 코사의 작품을 통해 나는 어떤 신의 의지 같은 것을 느끼지 않을 수 없었던 것이다.

코사의 그림은 오랜 세월 거칠게 보관되었고, 습기가 많은 장소에 세워놓았던 탓인지 화면 전체에 물감이 여기저기 떠오르고 떨어진 곳이 많았다.

소유주의 교양과 인품을 의심하지 않을 수 없는 그런 보존 상태였다. 그러나 그 화가는, 일본에서는 무명이지만 17세기를 대표하는 피렌체의 천재적인 화가였다. 기획한 미술관 관장이 내 소문을 듣고 찾아와서, 무슨 수를 쓰든 이 그림을 살려내고 싶다고 했다. 또한 보존 상태가 나쁘다는 소문이 퍼지지 않게 은밀하게 되살려 놓고 싶다고도 했다. 컬렉터와의 인간관계상, 이탈리아에서도 이런 식의 은밀한 복원이 자주 행해지곤 한다.

공방에는 많은 우수한 인재가 있었지만, 몇 가지 큰일을 맡고 있어서 이것까지 맡을 여력이 없었던 것이다. 바로 거기서 나라는 존재의 가치가 살아난 것이다. 나는 성실하고 순진무구했던 이십 대의 나를 다시 한 번 되찾기 위해서라도, 기분을 새로이 하여, 코사 복원에 몰두하기로 결심했다.

작품에는 어느 시대인지는 모르지만 복원이 가해진 흔적이 남아 있었다. 삼백 년 전의 작품인 만큼, 그 동안 컬렉터가 복원사에 복원을 의뢰한 적이 있을 것이다. 미술관 관장의 말에 의하면, 현재의 컬렉터가 구입한 후로 한 번도 손을 대지 않았다 하니, 아마도 이탈리아의 복원사 손을 거쳤을 것이라고 하였다.

나는 가만히 코사를 바라보는 데서부터 시작하기로 했다. 자신을 어떻게 하기를 바라는지, 작품 그 자체가 말을 걸어오기를 기다렸다. 복원사가 기술에 대한 자만심으로 제멋대로 복원하는 것이 아니라, 무엇보다 먼저 그림에 깃들인 혼의 목소리에 귀를 기울이고, 그 목소리와 조화를 이루면서 작업해나가는 것이 내가 생각하는 최선의 방법이다.

우선 전체를 조망하여 느낀 인상은 코사의 작품치고는 색깔이 무겁게 깔려 있다는 것이었다. 복원 작업을 거치면서 원래의 밝은 색감이 죽어버린 듯한 느낌이 들었다.

고전주의에 깊이 매료되어 있던 코사이긴 했지만, 아카데미즘에서 멀리 떨어져 있던 사람이라고 한다. 그의 작품에서는 어딘지 모르게 영적인 힘이 느껴진다. 예전의 복원사는 그런 코사의 혼을 무시하고 자신의 인상을 우선하여 색을 넣은 것 같았다.

엑스선 사진이나 자외선 형광 사진 등을 구사하여 복원 전의 바탕 그림을 조사함으로써, 예전의 복원 때 리터치가 심했고, 원화 위에도 물감이 너무 짙게 발렸다는 사실이 밝혀졌다. 또한 물감 층을 분석해보니, 밝은 부분일수록 더 물감이 짙게 발렸고, 어두운 부분은 엷게 발렸음이 드러났다.

그림 표면에 두텁게 발려 있는 바니스와 예전의 복원사가 행한 수술이라 할 수 있는 덧칠 부분은 가능한 한 제거하기로 했다. 바니스의 세정은 미네랄스피릿(mineral spirit, 석유에서 추출한 화학용제 — 옮긴이)으로 상층을, 하층은 에탄올을 사용했다. 찡하게 코를 찔러오는 에탄올 냄새에 그리운 수업 시절과 함께, 17세기를 살았던 한 천재 화가의 혼이 내게로 다가왔다.

덧칠의 제거도 에탄올을 사용했다. 어느 정도 제거가 끝나자 물감 층 표면에 다갈색의 오물이 부착된 것이 드러났고, 그것을 암모니아 희석수로 씻어냈다.

세정은 일종의 카타르시스 상태로 복원사를 이끌고 간다. 작업 과정 가운데서도 가장 꼼꼼한 일이지만, 나는 그때 마음이 정화되어가는 듯한 느낌을 받을 때가 많다. 그림이 덮어쓰고 있는 시간적이며 정치적, 종교적 오물을 일단 씻어냄으로써, 그림의 원래적인, 그림이 그려질 때의 순수한 상태를 회복하는 것이다.

에탄올로 이전 복원사의 흐트러진 정신을 씻어내는 행위를 하며 나는 카타르시스의 순간을 맞이하는 것이다. 인간의 업을 씻어내는 이 청량한 기분. 적막에 감싸인 산골짜기 선사의 마당을 빗자루로 쓸고 있는 듯한 은은한 감동.

그때, 그림은 이발소 주인에게 머리를 맡기고 있는 손님이 된다. 의자에 앉아 몸을 맡기고 있는 소박한 손님. 싹둑싹둑 잘려나가는 머리카락 아래 매끌매끌한 피부가 기다리고 있는 것이다.

모든 세정 작업이 끝나자, 비구름 같은 오물 아래 있던 아름다운 원화의 푸른 하늘이 나타났다. 그 순간, 나는 코사의 영의 힘으로 지금까지의 인생이 모두 용서받은 듯한 느낌에 사로잡혔다.

원화가 가지고 있던 색감은 나의 예상을 뛰어넘었다.

하늘은 이탈리아 특유의 싱싱한 푸르름으로 가득 차 있었다. 어두운 나무 그림자와는 달리 끝도 없이 솟구치는 푸른 하늘이었다.

저 멀리 산 능선이 하늘과 미묘한 선을 긋고 있고, 그 위를 떠다니는 구름이 어렴풋이 하늘에 잠겨 점차 녹아 들어가는 모습이 너무도 아름답게 묘사되어 있었다.

벌레 먹은 나무 액자의 구멍에 처치를 가하고, 지지체를 고친 다음, 나 자신의 혼을 코사의 영혼에 접근시키는 작업에 들어갔다. 시공을 넘어서 화가와 일체가 되는 멋진 순간이었다.

화면에 방부제를 바르고, 용제형 아크릴 물감을 사용했다. 덧칠이야말로 복원 작업의 핵심이지만, 사실은 여기에 이르기까지의 엄밀한 작업이 있었기에 덧칠이라는 핵심 이벤트가 가능한 것이다.

나는 세필을 잡고, 손목에 힘을 넣었다 뺐다 하면서, 덧칠을 시작했다. 고고한 화가 코사가 조용히 캔버스를 마주할 당시의 기분을 마음속으로 그려보면서, 색을 입혀간다. 오랜 복원 과정 속에서 억제되어온 환희가 여기에 이르러 일거에 폭발을 일으켰다. 만나본 적도 없는 코사와 나 자신이 하나가 된다. 그가 보고, 느끼고, 흥분하고, 명상했던 그 시대의 숨결을 만난 것이었다. 나는 무당이 되었다.

붓이 자연스럽게 움직여갔다. 내 자신의 능력을 넘어서 마치 천국에 있는 코사의 영혼과 연결된 듯한 일체감이었다. 복원사에게만 주어진 지고의 순간이다.

찢어진 코사의 그림이 떠올랐다. 몇 번이나 나를 악몽 속으로 몰아넣었던 그림이다. 그러나 이 복원으로 인하여 그 아픔에서 일어설 수 있었고, 코사와 화해할 수 있었다.

난 역시 복원사로서 미래를 살아갈 수밖에 없다고 생각했다. 과거와 화해하면서 미래로 오르는 길밖에 없었다.

주어진 단조롭고 섬세한 작업을 묵묵히 해나가는 사이에, 굳은 몸이 서서히 풀어지기 시작했다. 짧은 시간에 새로운 직장에 적응할 수 있었던 것도 복원이라는 기술이 가져다주는 따스하고 의미심장한 분위기 덕분이기도 했다.

일본의 복원사들은 모두 조용하고 온화한 사람들이었다. 일이 끝나면 때로 역전 선술집으로 가지만, 사생활이나 화단에서 이름이 알려진 할아버지에 대해 아무도 필요 이상의 말은 하지 않았다.

칸막이로 나뉜 넓은 공방 안의 개인 작업실에서 작업복 차림의 복원사들이 선 채로 일을 하는 모습은 마치 그들 자신이 전시장에 놓인 조각품 같은 인상을 주었다. 그것은 복원소에서만 맡을 수 있는 고귀한 공기를 재료로 만든 조상이라 해야 할 것이다.

한여름 밤, 복원소 동료들과 오랜만에 밤늦게까지 술을 마셨다. 화제는 라파엘로였다. 누군가 나를 향해, 자네 라파엘로와 닮았어, 라고 던진 말을 계기로 이야기는 르네상스 시대의 피렌체 미술 전반으로 퍼져나갔다. 예전에 이탈리아 미술관에서 똑같은 말을 들은 적이 있어서인지 내 얼굴은 긴장에서 웃음 쪽으로 풀어져갔다. 멍하니 있는 모습이 좀 닮았어, 라는 말에 나는 기어이 웃음을 터뜨리고 말았다.

나는 라파엘로가 그린 성모상을 좋아했다. 다른 어떤 화가의 성모보다 상냥하고 풍성하며, 이상적인 미를 간직하고 있기 때문이다.

라파엘로가 그린 성모상에 대해 이야기하면서, 나는 아오이를 생각하고 있었다. 그녀는 오랜 세월 나의 성모였다. 만나서 헤어질 때까지, 아니, 아직도 그럴지도 모른다. 헤어진 지 칠 년이란 세월이 흘렀지만 점점 더 그녀는 내 마음속에서 존재감을 더해갈 뿐이었다.

그날 걸려온 전화는 정말 아오이에게서 온 것일까. 잘못 걸었어요, 하고 끊긴 했지만, 그 목소리는 아오이와 흡사했다. 칠 년이란 세월이 흘렀지만, 아오이의 목소리를 잘못 들을 리가 없다.

그럼 왜 그것을 확인하러 밀라노로 가지 않는가. 그 전화가 정말 아오이가 건 것이라면, 그것은 적어도 과거를 현재로 이끌어오려는 어떤 모색의 신호가 아닐까. 내가 이렇게나 그녀를 잊지 못하듯이 그녀 또한 나를 잊지 못하고 있는지도 모른다. 피렌체의 두오모에서 만나자는 약속을 기억하고 있을지도 모른다. 그 일이 벌써 내년으로 다가오지 않았는가.

백 퍼센트 자신이 있는 건 아니었다. 조급을 떠는 마음을, 내 마음 한구석에서 머리를 내민 냉정함이 억눌러준다. 미국인 애인과 사이좋게 살아가는데 내가 찾아가서 그녀를 곤란하게 할 권리 따위는 없다. 그 옛날 아오이를 쫓아낸 인간이 아닌가. 원한의 대상이 될지언정 아직도 사랑받을 자격이 있는 인간이라 생각하다니, 그것은 어리석은 인간의 덧없는 망상에 지나지 않는다. 만일 그 전화의 주인공이 아오이가 아니라면, 나는 현재를 살아가는 아오이의 인생에 황칠을 하는 셈이 된다.

용기가 일지 않았다. 만나고 싶다. 한 번만이라도 좋으니 그녀를 보고 싶다. 매일 밤, 나는 그녀를 생각하고 있다. 생각하면서도 이런 생각이 과거를 덮을 수 없다는 느낌이 들어 그만 풀이 죽어버린다. 아오이의 얼굴을 그린다. 혼자만의 밤, 새하얀 화선지 위에 기억 속의 그녀를 무수한 선으로 그려본다.

복원소 동료들과 신주쿠 역에서 헤어져, 나는 오다큐 선을 타고 우메가오카 역에 내렸다. 역은 옛날과 하나도 달라진 곳이 없었다. 마치 시간을 거꾸로 거슬러 올라온 듯한 착각에 사로잡힐 정도였다. 반대편 플랫폼에 세이조 대학행 전차를 기다리는 우리 두 사람이 서 있는 것 같은 느낌이 들었다.

개찰을 하고, 북측 로터리로 나선다. 가로등 불빛이 역전을 밝히고 있었다. 공중전화 부스 주변에서 술에 취한 대학생들이 떠들어대고 있다. 그들의 활기찬 목소리만이 여름밤을 울리고 있다. 칠 년, 도대체 나는 어떻게 살아왔던가. 아무 기억이 나지 않았다.

아파트에 도착하자 현관에 낯익은 그림자 하나가 있었다. 메미가 무릎을 끌어안고 동그랗게 몸을 말고 있었다. 발자국 소리에 그녀는 얼굴을 들어 올리고 말없이 내 얼굴을 바라보았다.

우리 두 사람은 아무 말 없이 신중하게 서로의 목에서 터져 나올 어떤 말을 초조하게 기다리고 있었다. 길었던 머리카락은 귀 아래서 싹둑 잘려져 있었다. 나 보란 듯이 귀 윗부분까지 가슴이 아릴 정도로 짧아져 있었다.

"연락도 하지 않고 도대체 어디 가 있었니."

내가 물었지만 메미는 대답하지 않았다. 입술을 앞으로 쑥 내밀고, 눈에는 결의에 찬 날카로운 빛이 번득이고 있었다.

"확실히 해두고 싶어서 왔어."

그녀는 일어섰다. 나는 문을 열었다. 메미는 아무 말 없이 안으로 들어갔다. 소파 위에는 아오이의 얼굴이 몇 장 흩어져 있었고, 두 사람의 시선은 동시에 그 위에 머물렀다. 메미는 잠시 멈춰 선 채, 그 그림들을 내려다보았다. 나는 당황하지도 않고 침착하게 한 장 한 장 집어 들었다.

메미는 작게 한숨을 내쉬더니 창가 의자에 걸터앉았다. 나는 소파에 앉아 그녀의 말을 기다렸다.

"헤어져야겠지."

불쑥 튀어나온, 꺼질 듯이 약한 목소리와 함께 코를 훌쩍이는 소리가 울려 퍼졌다. 그녀의 옆얼굴을 바라보았다. 메미의 시선은 할아버지의 〈인연의 사슬〉이라는 그림에 못 박혀 있었다.

이탈리아인과 일본인 사이에서 태어난 그녀의 골격은 나와는 미묘하게 달랐다. 품위 있게 솟은 코가 작고 예쁜 입술 위에 올려져 있다. 전등 불빛을 받아 깊은 곳에서 빛을 발하고 있는 듯한 크고 윤곽이 뚜렷한 눈동자. 동양인과 서양인의 아름다운 육체적 조건을 동시에 물려받은 하나의 예술품처럼 화사한 모습이었다. 그럼에도 불구하고 그녀는 한 번도 그 용모에 대해 기뻐하지 않았다. 오히려 저주의 말을 퍼부을 때가 더 많았다.

"이제 모든 걸 끝내야겠지."

피렌체에서 귀찮을 정도로 나를 따라다니던 메미와의 나날들이 떠올랐다. 그러나 그 소녀의 어리광 같은 행동들이야말로 그녀의 매력이었다. 졸병처럼 언제나 곁에 붙어 다니려 하던 그녀를 귀찮게 생각하면서도, 그와 동시에 세상에 하나밖에 없는 여동생처럼 귀엽게 느끼기도 했다.

"끝장이나, 이별 같은 그런 게 아냐."

메미는 울음을 터뜨렸다. 그러더니 갑자기 울음을 멈추고, 이번에는 억지로 웃어 보였다. 코를 훌쩍이며 필사적으로 감정을 억누르고 있었다.

"위로받고 싶지 않아. 버리고 싶으면 확실히 말해줘. 그러지 않으면 잊을 수 없으니까. 쥰세이는 내게 하나뿐인, 세상에서 단 하나뿐인 사람, 정말 사랑하는 사람이니까."

귀찮다고 생각했던 나 자신을 용서할 수 없었다. 이 아이가 진심으로 나를 사랑한다는 사실을 누구보다 잘 알고 있지 않는가. 그럼에도 나는 잔혹하고도 무자비하게 이 관계를 끝내려 하고 있다.

"기억 좀 해봐. 함께 아르노 강가를 산책했잖아. 손을 잡고 쇼핑을 하고, 저녁을 먹고, 와인을 마시고, 키스를 했잖아. 수도 없이 나를 안아줬어. 쥰세이의 몸 구석구석, 나, 모두 기억하고 있어. 누구보다도 잘 알고 있어. 응, 이렇게 사랑하는데, 왜 헤어져야 해?"

아직 어리구나, 하고 생각했다. 하는 일마다 실수만 저지르는 메미에게 손을 들고 만 경우도 많았다. 그렇지만 귀찮다는 생각을 하면서도, 동시에 그것이 그녀의 매력이라고도 생각했다. 솔직히 말해, 메미와 헤어진 다음 십 년 후에, 그녀를 아오이처럼 생각하지 말라는 법도 없을 것이다. 그녀의 말처럼, 나는 메미에게 구원받은 적도 많다. 이 어린애 같은 순진무구함에 얼마나 위로받았던가.

위선자. 나는 스스로를 비판했다.

"메미, 좋아하지만 어쩔 수 없는 일도 있는 거야. 인간이란 한꺼번에 두 사람을 사랑할 수 없어. 그냥 적당히 마음을 속이고 너랑 있는 게 좋다고 얼버무리는 건, 나 자신을 속이고, 너를 속이고, 결국 우리 두 사람의 미래를 최악으로 만들어버릴 거야."

메미가 내 쪽을 돌아보았다. 아름다운 얼굴이다. 고뇌하는 인간은 늘 이렇게 아름답다.

"그 미래가 아무리 최악이라 해도, 쥰세이와 같이 있을 수만 있다면 난 좋아. 나, 누구에게도 지지 않아. 누구보다도 쥰세이를 사랑할 자신이 있어. 어른이 될게, 응, 정말 노력할게, 지금보다 더 예뻐지고, 지금보다 더 여자다워질게."

"그런 문제가 아냐. 넌 지금 그대로가 가장 좋아."

"싫어. 난 변할 거야. 쥰세이에게 사랑받을 수만 있다면, 뭐든 할 수 있어."

침묵이 이어진다. 긴 공백이었다. 그사이 메미는 가만히 눈을 감고 있었다. 입술을 깨물 때마다 턱의 근육이 미세하게 떨렸다.

"아빠를 만나 말도 안 통해서 슬퍼하고 있을 때, 쥰세이가 있으니까 괜찮다고, 살아갈 수 있다고 생각했어. 쥰세이가 없는 세상, 아무런 의미가 없어. 몇 달 동안 생각해보았어. 처음부터 다시 시작할 수 있다면, 나, 더 열심히 노력할게."

가슴이 아려왔다. 내가 고통받는 것처럼 메미도 괴로워하고 있다. 고통을 나눠 가지는 것 또한 사랑의 또 다른 결말인 것이다.

"죽어버릴까."

"어리석은 소리. 넌 그러지 못해. 그런 약한 인간이 아냐."

메미는 소리 높여 울었다. 이번에는 끝도 없이 이어졌다.

왜 그날, 아오이는 울지 않았을까. 내 앞에서 울어본 적이 있었던가. 아니, 있었다. 울면서 무너져 내린 적도 있었을 것이다. 그럼에도 불구하고 그녀에 대한 인상은 갑옷을 걸친 잔 다르크처럼 언제나 꿋꿋하고 강했다.

울음을 그친 메미는 어금니를 꽉 깨물고 나를 노려보았다.

"그럼 내가 다른 남자에게 안겨도 좋아? 쥰세이 아닌 다른 남자가 나를 사랑해도 좋단 말이지."

메미를 끌어안는 미지의 남자가 뇌리를 스치더니 가슴으로 아릿한 통증이 일었다. 내 팔 안에서 어린애처럼 소록소록 잠든 메미의 얼굴이 떠올랐다.

빛 속에서, 아오이의 얼굴을 본 적이 없었다. 아오이의 잠든 얼굴에는 달빛만이 비치고 있었다. 푸른 그림자가 얼굴 표면을 감싸고 있는 조용한 인상만이 남아 있을 따름이다.

"정말 괜찮은 거야."

잠시 망설이다 고개를 끄덕였다. 메미의 얼굴에서 신경 줄기들이 숲 속의 나무처럼 일제히 위로 솟구쳐 올랐다.

"좋아? 좋아? 다른 남자에게 안겨도. 다시는 나를 만날 수 없는데도. 내가 없어지는데도 좋아?"

"어쩔 수 없는 일이야."

"왜?"

"그건……."

메미는 벌떡 자리에서 일어서더니 티셔츠를 두 손으로 잡더니 갑자기 옷을 벗기 시작했다. 청바지에도 손을 댔다.

"어이, 뭘 하는 거야. 옷 입어."

"싫어."

"싫고 좋고가 아냐. 옷을 입어. 벌거벗는다고 바뀌는 건 없어."

메미는 손길을 멈추고 다시 울음을 터뜨리고, 울면서 옷을 벗었다. 속옷을 벗어 던지자 가슴이 드러났다. 짧은 머리카락 탓에, 머리가 한층 더 작아 보였다.

실오라기 하나 걸치지 않은 모습으로 내 앞에 서서, 똑바로 나를 바라보았다. 마음이 흔들렸다. 절박한 메미의 마음이 그대로 전해져왔기 때문이다. 이렇게 누군가에게 사랑받은 적이 있었던가. 아오이는?

메미의 처절한 마음은 그 무엇보다 사랑스러웠고, 또한 귀찮기도 했다.

그녀를 가슴에 끌어안자, 따스한 온기와 심장의 고동 소리가 전해져왔다. 그녀는 몸을 뒤틀면서 나를 원했지만, 나는 감정을 억눌렀다. 나를 짓누르며 행위를 요구하는 메미를 제지했다. 그녀는 동물처럼 으르렁거렸다. 무슨 말을 하고 싶은 것 같았지만 그건 말이 되어 나오지 않았다. 흉폭하게 흥분한 메미. 짐승처럼 온몸으로 버둥대는 메미. 눈물, 콧물로 범벅이 된 얼굴로 의미불명의 말을 외치는 메미.

그녀의 두 팔을 좌우로 누르고 한참이나 가만히 있자, 서서히 그녀의 열기도 식어갔다. 내가 움직이지 않으면 움직이지 않는 것만큼, 메미는 흥분하여 발버둥쳤다. 마치 발작을 일으킨 사람처럼 팔 안에서 버둥거렸다.

오 분 정도 지나자 메미는 내 팔 안에서 축 늘어졌다. 나는 그녀가 움직이지 않기를 기다렸다가, 가만히 안아 올려 침대에 눕혔다. 흐느껴 우는 소리만이 내 귀를 휘감았다. 그것을 떨쳐버리려는 듯이 방을 빠져나왔다. 문을 닫고, 작게 한숨을 토해냈다.

이러면 되는 건지 나도 알 수 없었다. 모든 것을 잃어버린 듯한 느낌이 들었다. 어쩔 수 없다. 이렇게 하는 길 외에는 솔직하게 살아갈 방법이 없지 않은가.

소파에서 눈을 붙이고 아침 햇살이 비쳐들 무렵 잠에서 깨어났다. 메미가 깨어나기 전에 나서기로 했다. 얼굴을 피하고 싶었다. 도둑처럼 문을 열고 밖으로 나왔다. 시원했다. 잠시 푸른 하늘을 바라보면서 뭔가를 기다렸다. 그러나 아무 일도 일어나지 않는다는 것을 확인한 후, 나는 공방이 있는 센다가야를 향해 출발했다.

시간만이 조용히 나와 세계를 이어주고 있다. 내게 주어진 공방의 작업실에서 정신을 똑바로 차리기 위해 조금씩 일을 해나갔다. 단조로운 작업이 이렇게 마음을 안정시켜주리라고는 생각지 못했다. 벗겨지고, 부서진 부분을 고치면서, 그런 행위를 통해 정상을 되찾아가는 카타르시스를 느꼈다.

저녁, 빨리 일을 마치고 할아버지를 찾아갔다. 신주쿠에서 전차를 내려, 세이부신주쿠 선으로 갈아탔다. 여름이 끝나고 땀이 많은 계절에서 마음이 메마르는 가을로 접어들고 있음이 사람들의 움직임이나 대화나 거리 풍경에서 느껴졌다. 가을이 성큼 다가온 것을 쨍하게 맑은 공기를 통해 느낄 수 있었다.

할아버지는 낡은 목제 침대에 누워 있었다. 입원을 반복한 탓인지, 최근 몇 달 동안 눈에 보일 정도로 체력이 떨어졌다. 말을 하는 감각은 회복하였으나, 입가의 신경과 근육이 굳은 탓에, 미소를 지어도 볼 위에 거의 그림이 그려지지 않았다. 그러나 그것은 다른 이유도 있었다. 당신이 귀여워하던 메미와 내가 헤어진 것을 아무래도 눈치챈 것 같았다. 또는 메미가 이곳을 찾아왔는지도 모른다.

"일은 잘되고 있니."

할아버지의 목소리는 낮고 힘이 없었다.

"응. 일본의 복원 방법도 배우고 있어. 그리고 여기 복원사들은 한결같이 사람들이 좋아서, 생각한 것보다 잘 적응하고 있어."

할아버지는 고개를 끄덕였다. 슬플 정도로 여위었다. 이미 남은 시간이 없다는 것을 알 수 있었다. 잠시 세상 돌아가는 이야기를 나누었지만, 대화에는 예전 같은 그런 활기가 없었다.

"그 멍청한 녀석에게는 그 후로 연락이 있든?"

"아버지?"

할아버지는 억지로 웃어 보이려 했지만, 그때마다 볼의 근육이 실룩거리고 기침이 나와 결국 얼굴을 찡그리고 말았다.

"아니, 그 이후로 깜깜무소식이야."

"참, 편한 놈이로군."

"내게 아버지가 있다는 것 자체가 믿어지지 않아. 그 사람과 이야기다운 이야기 한번 나눈 적도 없고, 게다가 어머니의 자살도 아버지가 원인이라면서. 그 사람이 죽인 거나 마찬가지야."

너무 심했나, 하고 생각했지만, 할아버지는 한 번 눈을 지그시 감더니, 각오를 굳힌 듯 고개를 끄덕이며 입을 열었다.

"사고 같은 자살이라고는 하지만, 네 에미를 죽음으로 몰아넣은 건 그놈이야."

"사고 같은?"

"빌딩 옥상에서 떨어졌어. 술에 취해서. 목격자의 말에 의하면, 눈이 흩뿌리는 날이었는데, 빌딩 가장자리를 하염없이 걸어 다녔다는구나. 그렇게 왔다 갔다 하다가 그만……."

처음 듣는 이야기였다. 나는 아버지에게 약을 먹고 죽었다고 들었다.

"이미 마음이 부서져버렸던 거야. 그렇게 만든 건 바로 기요마사, 그놈이 지금 여자와 만나기 시작하고부터지."

반쯤 열린 창으로 정원의 소나무가 보였다. 할아버지가 소중하게 키운 나무다. 할아버지는 천천히 시선을 그쪽으로 옮겼다. 그 당시를 떠올리는 것 같았다. 내게 어머니에 대한 기억은 하나도 없었다.

"네 생활 쪽은 어떠냐?"

할아버지는 잠시 침묵을 지키다가 화제를 바꾸었다. 빌딩에서 떨어지는 순간 어머니의 고뇌를 상상해보니 숨이 꽉 막혔다. 마음이 가라앉기를 기다렸다가, 여러 가지 일들이 있었다고 대답했다. 할아버지가 메미를 걱정한다는 것을 얼굴 표정을 통해 알 수 있었다.

"여러 가지 일들이 있는 게 당연하지. 그렇지만 후회하지 말아야 해."

"응."

결국 할아버지는 메미의 일을 입에 담지 않았다. 피로해, 라는 한마디를 남기고 눈을 감더니 금방 잠들어버렸다.

할아버지는 나의 유일한 가족이었다. 그 잠든 얼굴을 바라보고 있으려니 나도 모르게 눈물이 흘러내렸다. 어머니는 처음부터 부재였다. 아버지는 처음부터 타인이었다. 할아버지가 죽으면 나는 혼자 남게 된다. 메미도 떠나고, 그렇다고 아오이가 돌아온다는 보장도 없다.

아오이.

모든 것을 잃어버렸을 때, 나는 도대체 무엇을 어떻게 복원할 생각일까.

아오이.

나는 지금, 복원 방법을 잃어버린 상태다. 어떻게 이 마음속에 바람구멍을 뚫어야 할지 알 수 없었다. 늘 하듯이 차근차근, 조각조각, 고쳐나가는 수밖에 없지만, 손이 움직여주질 않는다. 미래라는 이름의 완성도가 떠오르지 않았다.

가을이 시작될 무렵, 공방에 한 남자가 찾아왔다. 아가타 씨, 손님 오셨어요, 하고 사무실 여직원이 나를 부르러 왔다. 작업하던 손길을 멈추고 고개를 돌리자, 그녀의 뒤편으로 낯익은 얼굴 하나가 서 있었다. 시선이 마주쳤다. 폐를 둘러싼 근육이 꽉 뭉치는 것 같았다. 다카나시 아키라는 피렌체의 공방에 앉아 있을 때보다 살이 좀 올랐고, 그런 탓에 부풀어 오른 듯이 보였던 얼굴이 묘하게 작아진 듯했다.

"여기는 어떻게 알았어?"

"자네가 화제가 되고 있어서 말이야. 이 업계는 좁으니까."

"좋은 화제인가?"

"글쎄. 그런 대로 괜찮은 느낌이야. 자네가 복원한 코사 그림에 대한 평판이 자자해."

그는 입가에 미소를 띠었다. 여전히 도발적인 자세에는 변함이 없었다. 애써 찾아왔는데 일이 끝나면 술이라도 한잔 나누자는 그의 말에 어쩔 수 없이 나는 고개를 끄덕였다.

아오야마의 교차로에서 한 블록 들어선 곳에 다카나시가 단골인 러시아 레스토랑이 있었다. 발랄라이카로 러시아 민요를 연주하는 곳이었다.

"그 후 선생과는 연락을 취하니?"

이런저런 세상 돌아가는 이야기를 나누다가 다카나시가 물었다.

"전혀."

"아들처럼 그렇게 소중히 여겨주던 사람인데, 왜?"

"그 이야기는 별로 하고 싶지 않군."

"그 그림을 찢은 사람이 선생이기 때문에?"

나는 와인글라스를 입에 댄 채, 다카나시의 얼굴을 노려보았다. 가득 찬 와인이 파도를 일으키며 흔들리고 있었다.

"자네를 질투하고 있었을 줄이야."

"그렇지 않아."

"그러나 공방 애들은 한결같이 그렇게 말하던데?"

"지껄이고 싶으면 제멋대로 지껄이라 그러지, 뭐."

"그럼 왜 선생과 연락을 취하지 않지?"

"조반나는……."

오랜만에 내 입을 통해 튀어나온 그 이름에 나도 놀라고 말았다. 조반나는 그럴 사람이 아니다. 그렇게 말하고 나는 자리에서 일어섰다. 감정이 이렇게 무거울 줄은 몰랐다. 일어서다가 현기증 때문에 그 자리에 그냥 주저앉을 뻔했던 것이다.

11

Marzo

3월

어린 시절, 나는 일요일이 싫었다. 아버지가 집에 있었기 때문이다.

아버지가 집 안에서 어슬렁거리면 나는 내 방으로 들어가 문을 잠가버렸다.

아버지의 존재를 지워버리기 위해, 라디오 볼륨을 높였다. 센트럴 파크를 건강한 모습으로 달리는 사람들을 창 너머로 바라보면서, 나만 홀로 성 안의 감옥에 갇힌 죄수라는 생각을 했던 것이다.

3월. 일요일의 하네기 공원에는 활짝 핀 매화를 보려는 가족 동반의 도쿄 시민들이 개미 떼처럼 밀려든다. 매화를 보는 것은 싫지 않았지만, 가족 동반을 보는 것은 참을 수 없을 만큼 고통스러웠다. 그래서 나는 하네기 공원에서 멀어질 목적으로 전차에 올라탔다.

나는 아직도 팔 년 전의 과거를 질질 끌며 살아가고 있다. 인류는 미래에서 희망을 보려 하는 동물이다. 그러나 나는 그렇지 않다. 복원사는 직업상 과거를 소중히 간직하며 살아가는 동물인 것이다.

붉고 작은 꽃을 피워내는 매화는 벚꽃에 비해 소박하고 겸허하다. 그 꽃을 바라보며 아오이와 나는 늘 미래에 대해 이야기했다. 결혼, 출산, 육아, 가정, 노후……. 시간만 나면 우리는 미래에 대해 상상했다. 미래를 상상하는 것은 돈이 없는 우리로서는 너무도 우아한 놀이이기도 했다.

"아이는 둘이 좋아."

매화를 바라보며 아직 학생인 그녀가 말했다. 그리고 아직 학생인 나는 형제가 있으면 얼마나 좋을까, 하고 무작정 동의하는 것이었다. 그때는 아직 두 사람 다 우리 앞을 가로막을 불행에 대해서는 상상조차 할 수 없었다.

결국 나는 과거에서 한 걸음도 벗어나지 못한 채 살아가고 있었다. 메미와 헤어지고 과거의 약속을 지킬 단 하나의 목적으로 살아가고 있다. 약속 같지도 않은 그 약속, 그것은 아오이의 생일날 피렌체의 두오모 위에서 만나자는 것이다. 학창 시절, 장난처럼 주고받은 약속이었다. 그렇지만 내가 기억하고 있는 이상, 그녀도 잊지 않고 있을 것이다. 그러나 잊어버렸을 가능성이 오히려 더 높다는 것을 나는 잘 알고 있다. 그렇지만 가능성이 제로만 아니라면, 거기에 모든 것을 걸고 싶은 것이 인간의 심리가 아닐까. 그리고 그 약속 시간이 가까워지면 질수록, 그것은 점점 더 내 속에서 숭고한 약속으로 고양되어갔다.

아오이가 사는 밀라노의 전화번호로 그 후 세 번 전화했다. 한 번은 아무도 받지 않았고, 두 번째는 남자가 받았다.

여보세요Pronto, 라는 남자의 목소리가 들려 그만 숨을 죽이고 말았다. 내가 침묵을 지키자 상대도 침묵을 지켰다. 세 번째도 그냥 침묵을 지키고 있자, 갑자기 상대 남자가 서툰 일본어로 말했다.

"아오이 없어."

놀라면서 그냥 수화기를 놓았지만, 남자의 그 목소리가 언제까지고 귓가를 맴돌았다. 아오이 없어, 과연 그 말은 무슨 뜻일까. 처음에는 외출하고 없다는 말이라 생각했다. 그러나 그것은 시간이 흐름에 따라, 아오이는 여길 떠나고 없다, 라는 의미가 아닐까 하는 생각이 들었다.

왜 그렇게 생각했는지, 뚜렷한 근거는 없다. 남자의 목소리가 어딘지 모르게 자포자기적으로 들렸기 때문일 것이다.

여기에 없으므로, 더 이상 전화를 걸지 말라는 의미로 들렸던 것이다. 이렇게 고민할 바에는 다시 한 번 전화를 걸어, 이탈리아어로 확인하면 될 일이다. 그러나 나는 몇 번이나 수화기를 들었다가는 결국 번호를 누르지 못하고 말았다.

과거밖에 없는 인생도 있다. 잊을 수 없는 시간만을 소중히 간직한 채 살아가는 것이 서글픈 일이라고만은 생각지 않는다. 다시는 돌아갈 수 없는 과거를 뒤쫓는 인생이라고 쓸데없는 인생은 아니다. 다들 미래만을 소리 높여 외치지만, 나는 과거를 그냥 물처럼 흘려보낼 수 없다. 그래서, 그날이 그리워, 라는 애절한 멜로디의 일본 팝송을 나도 모르게 흥얼거리는 것이다.

소시가야오쿠라에서 내렸다. 바로 옆의 세이조가쿠인마에 역에 비해 촌스럽고 지저분했는데, 지금은 새 건물도 많이 들어서서 역전은 현대적인 면모로 바뀌어 있었다. 아오이가 살고 있던 아파트는 남쪽 선로를 따라 세이조 대학 방향으로 걸어서 오 분 거리였다. 그러나 그 길도 지금은 확장되어 당시의 모습을 잃어버렸다. 고작 팔 년의 세월이 이렇게 기억 속의 풍경을 지워버렸을 줄은 꿈에도 생각지 못했다.

발걸음이 점차 빨라져갔다. 이슬비에 옷이 젖었지만, 밀려드는 기억의 인력 앞에서 비 따위는 아무 방해도 되지 않았다.

아파트는 옛날 그 자리에 서 있었다. 주변 건물은 새로 단장되기도 하고, 공터는 콘크리트로 메워져 주차장으로 변하기도 했지만, 추억 속의 건물만은 그 당시 그대로 서 있었다.

하얗고 깨끗하던 벽도, 시간과 눈비를 맞아 색이 바랬다. 그러나 거기에는 아직 아오이가 살고 있는 것 같은 생생한 기억의 파편들이 남아 있었다.

우리는 당시 서로의 방을 오가며, 거의 동거하다시피 했다. 그러나 방 하나에 동거하는 것만은 피했다. 서로의 방을 오가면서도, 지킬 건 확실히 지키자는 것이 아오이의 주장이었다. 그것은 올바른 판단이었다. 동거를 했더라면 서로의 추한 모습을 보았을지도 모른다.

발소리를 죽이고 계단을 올라가 보니 옛날 아오이의 방에는 다른 사람의 문패가 달려 있었다. 눈을 감고 방 안의 풍경을 상상해보았다. 당시의 기억이 되살아났다. 가구의 배치나 벽지의 문양, 창으로 비쳐들던 햇살, 냄새, 아오이를 안던 침대의 감촉, 책을 읽는 아오이, 그 모든 것이 그립다. 잊혀가는 수많은 기억들이 차례차례로 떠올랐다 사라진다.

갑자기 찰칵, 하는 소리와 함께 문이 열리더니 젊은 여자가 얼굴을 내밀어 나를 놀라게 했다. 낯선 여자는 문 앞에 우두커니 서 있는 나를 보고 비명을 질렀다. 황망히, 미안합니다, 집을 잘못 찾았군요, 하고 발걸음을 돌려 계단 아래로 뛰어 내려갔다.

밖으로 나와서도 그냥 달렸다. 뒤를 돌아볼 수 없었다. 굵은 빗발이 볼을 때렸다. 희미한 기억을 좇아 나는 전속력으로 달렸다. 아오이, 아오이, 아오이, 나의 유일한 사랑, 아오이…….

철로를 건너, 도로를 건너, 언덕길을 뛰어올라, 사람들을 피해 십 분을 달려 도착한 곳은 세이조 대학이었다. 아담한 대학. 마치 고등학교처럼 아담해서 마음이 편안한 대학. 그리고 무엇보다 나와 아오이가 만난 대학.

빗발은 점점 더 강해져 내 몸은 물에 빠진 생쥐 꼴이었다. 쏟아지는 비를 맞으며 정문 안으로 들어섰다. 신학기가 시작되기 전이라 학생들의 모습은 거의 보이지 않았다. 그대로 연합 클럽 하우스 쪽 언덕길을 내려갔다. 연못 옆을 지나는데 그때의 나무가 그대로 서 있었다. 밤나무. 아오이와 내가 처음 입맞춤을 나눴던 장소. 아오이는 나무에 등을 기대고 있었다. 나는 나무를 꼭 끌어안아 보았다.

뜨거운 기운이 솟구쳐 오르며, 눈물이 흘러내렸다. 죽고 싶을 만큼 사랑하는데, 그대에게 다가갈 모든 길은 막혀 있으니, 나는 한 그루 나무가 될 수밖에…….

아오이.

소리 내어 불렀다. 쏟아지는 빗줄기 속으로 내 목소리가 잠겨간다.

아오이.

후두둑, 지면을 때리는 빗줄기는 연기처럼 나의 시계를 가리면서 나를 그냥 삼켜버리려 한다.

다음 날, 센다가야 공방으로 다카나시가 전화를 걸어왔다. 휑뎅그렁한 작업실로 여사무원이 얼굴을 내밀며 암호를 외치는 병사처럼, 다카나시 씨랍니다, 급한 용건이래요, 하고 말했다.

다카나시라는 이름과 급한 용건이란 말이 내 머릿속에서 하나로 결합되기를 거부하고 있었다. 창밖으로 눈길을 돌렸다. 점점 더 푸르름을 더해가는 나뭇잎 위로 햇살이 눈부시다. 수화기를 들자 바닷소리가 들려왔다. 도대체 다카나시는 어디서 전화를 거는 걸까. 이미지가 먼 곳으로 떠돌았다.

선생이 죽었다는 그의 말에 해변으로 밀려 올라온 조개껍데기가 떠올랐다. 아름답고 새하얀 조개껍데기는 때로 무지개색으로 빛을 발했다.

다카나시는 조반나의 죽음에 대해 상세한 내용은 모르고 있었다. 안젤로에게 연락이 왔고, 다카나시는 그 연락을 직접 받지 못하고 사무실 직원으로부터 전해 들은 것이다. 그의 전언에 의하면, 안젤로는 영어로 조반나가 자살했다고 말했다는 것이다.

나는 이탈리아로 전화를 걸었다.

수업 시절 많은 도움을 주었던 화구 가게 주인의 입을 통해 조반나의 죽음은 확인되었다. 아무도 없는 공방 꼭대기의 선생 방에서 38구경 권총으로 머리를 쏘아 죽었다 했다.

밀라노에도 피렌체에도 바다는 없다. 그럼에도 내 귀에는 이탈리아의 해안을 때리는 하얀 파도 소리가 들려왔다.

단 한 번, 나는 조반나와 여행한 적이 있었다. 베네치아에서 남쪽으로 세 시간 정도 달리면 Marotta라는 작은 해변이 나온다. 여름이면 수영하러 온 사람들로 붐비는 피서지로, 나는 선생과 작은 방갈로를 빌려 마치 모자처럼 지냈다.

매일 아침 나는 선생과 해안선을 걸었다.

아드리아 해는 수평선까지 빛이 새하얗게 부서지는 바다이다. 나에게 있어 선생은 어머니를 대신하는 존재였다.

선생의 뒤를 따라 걸으면서 나는 어머니와 산책하는 듯한 착각에 사로잡히곤 했다.

여행이 끝나는 마지막 날 밤, 나는 본 적도 없는 어머니 꿈을 꾸고 울었다. 바로 옆 침대에서 자고 있던 조반나가 눈을 떴다. 조반나는 내 침대로 파고들어 부드럽게 안아주었다. 나는 조반나의 풍성한 가슴에 얼굴을 묻고 잠이 들었다. 그녀가 즐겨 사용하는 라벤더 에센스 오일의 달콤한 냄새가 내 마음을 어루만져주었다.

다음 날 아침, 눈을 떴을 때, 내 곁에는 조반나의 잠든 얼굴이 있었다. 마치 조각과도 같은 오목 볼록한 골격은 이탈리아 예술가의 얼굴이었다. 꼭 감긴 눈과 굳게 다문 입 주위를 마치 어머니를 바라보는 아이의 시선으로 한참이나 바라보았다.

그리고 나는 그 입술에 가볍게 키스했다.

공방의 허락을 받아 잠시 휴가를 받았다. 할아버지에게 돈을 빌렸다. 조반나의 죽음을 알리자, 슬픔은 살아 있는 자의 몫이라고, 조용히 읊조리며 할아버지는 고개를 한 번 끄덕였다. 작은 가방 하나에 들어갈 만큼만 옷을 챙겼다. 방문을 잠그고 하네기 공원에 작별을 고한 다음, 나는 이탈리아로 떠났다. 점점 고도를 높이는 비행기 창 아래로 뿌연 도쿄의 도심지가 보였다.

로마를 경유하여 피렌체로 들어선 것은 3월 마지막 일요일이었다.

산타 마리아 노벨라 역을 나서자 피렌체의 평온한 시가지가 눈앞에 펼쳐졌다. 통일감 있는 건물의 외관은 거리를 하나의 분위기로 물들이고 있었다. 이 세상에서 제일 한적한 이 거리에서 선생이 권총으로 자살을 하다니, 믿을 수 없었다.

작은 가방 하나만 메고 나는 이 년 만에 그립고 정든 거리를 걸었다. 별 준비도 없이 무작정 비행기에 올라타서 그런지, 이렇게 피렌체 거리를 걷는 것 자체가 실감이 가지 않았다. 게다가 눈앞에 펼쳐지는 풍경은 이 년 전과 조금도 다르지 않았다. 점점 변해가는 도쿄와 달리, 이 도시에서는 건물 외관을 마음대로 건드려서는 안 된다. 새로 건물을 세울 수도 없다. 아마 백 년이 흘러도 똑같은 모습일 것이다. 이 피렌체 거리에서 살아가는 사람들의 참을성에 모자를 벗고 경의를 표하지 않을 수 없다. 그런 참을성 때문에 선생은 자살하고 말았을지도 모른다.

거리의 중심 쪽으로 접근함에 따라 이상하게도 선생의 죽음을 이해할 수 있다는 생각이 들었다. 변화를 거부하는 이 거리에서 변화를 갈구하는 사람에게 주어진 길은 죽음뿐일 것이다.

역전 큰길을 돌자, 주위 건물에 비해 터무니없이 큰 대성당 두오모의 최상층을 덮은 둥근 지붕이 눈앞을 가로막고 섰다. 낮은 건물들만 가득한 피렌체 시가지에서 이 대성당은 너무도 고고하게 솟아올라 있다. 오랜만에 그 웅장한 모습을 바라보며 새삼 감탄하고 마는 것이다.

여기서 지낼 때는 그 생활공간이 너무도 낮았기에, 이런 높이와 위엄을 거의 느끼지 못하고 살았었다. 그러나 이렇게 이 년이 지나 관광객의 시선으로 바라보자니, 그것은 고도에 군림하는 국왕처럼 위풍당당했다.

그러나 결코 화려하지는 않다. 그 장엄한 외관은 밀라노의 대성당이 보여주는 화려한 미와는 대조적으로, 무척 겸손한 미를 가지고 있다. 비유해서 말하자면, 동남아시아의 금색 사원이나 불상이 아니라, 일본의 나라나 교토를 연상시키는 조용하고 안정된 분위기를 가지고 있다.

나는 두오모 광장에 선 채 위를 올려다보았다. 백 미터 이상의 높이에 걸린 둥근 지붕이 마치 널찍한 털실 모자처럼 보였다. 그 정상에는 아라비아 양식의 작은 다락방들이 붙어 있다. 바로 저곳이 아오이와 만나기로 한 장소이다.

만나자는 약속. 그 약속은 아오이가 아기를 중절하기 전에 했던 약속이었다. 두 사람이 아직 사랑의 빛에 푸근히 감싸여 있을 때 주고받은 서약이었다.

격한 감정으로 그녀를 질책하고, 그녀가 놓여 있는 고통스러운 입장도 이해하지 못하고, 일방적으로 절교를 선언하지 않았던가. 아마도 그녀는 그때의 기분을 잊지 못하고, 어린애 장난 같은 그런 약속 따위에는 아무 관심도 없을 것이다.

그렇지만 나는 나의 행위에 대한 죗값을 갚는 의미에서라도, 설령 나 혼자 오르는 길이라 해도, 하늘을 향해 우뚝 솟은 대성당의 좁은 긴 계단을 걸어 오를 생각이었다. 거기에는 우리의 젊음에 희생당한 한 생명에 대한 사죄의 뜻도 포함되어 있다.

너무 오래 올려다본 탓에 목이 아파왔다. 싸늘하게 식은 목덜미에 손을 갖다 대고 나는 다시 발걸음을 옮기기 시작했다. 안젤로를 찾아가서 선생의 묘지를 알아낼 참이었다. 그러나 이상하게도 선생은 아직도 내 곁에 있는 듯한 느낌이 들었다. 역으로 미끄러져 들어오는 기차를 보고, 이미 선생의 혼이 나를 맞아준 것 같은 느낌에 사로잡혔다.

조반나의 혼이 보인다.

그 이후로 그녀는 회한에 찬 생활을 하고 있었을 것이다. 그 혼의 무게가 손에 잡힐 듯이 나에게 전해져왔다.

안젤로를 찾고 싶은 마음은 점점 사라져갔다. 선생의 묘지 찾기는 일단 뒤로 미루고, 지금은 이 거리에 깔린 공기를 들이켜며 천천히 머물면서 고인의 명복을 빌고 싶었다.

저녁때까지 그리운 피렌체의 거리를 혼자서 걸어 다녔다. 작은 거리여서 예전에 도움을 받은 사람들을 발견하기도 했지만, 말을 걸거나 인사는 하지 않았다. 모든 것은 나에게 하나의 기억 속 풍경에 지나지 않았다.

선생의 혼을 느끼면서, 그냥 이 거리를 숨 쉬고 싶었다.

인수의 아파트를 찾아간 것은 이미 날이 저문 다음이었다. 그녀는 아직 돌아오지 않았고, 예전의 메미 방에 사는 브라질 여성이 나와 곧 돌아올 거라면서 커피를 따라주었다.

전에 그 방에 여자 친구가 살고 있었다고 하자, 방 안을 봐도 좋다고 했다. 책상과 침대도 그 당시 그대로인 데다, 별다른 변화도 없는 탓인지, 이상한 기분이 들었다. 이미 그 시절은 가버렸다. 후회만은 해선 안 된다. 그러나 문득 메미의 말이 뇌리를 스쳐갔다.

"다른 사람이 나를 안아도 좋은 거지."

메미와의 이별은 도대체 어떤 의미가 있는 걸까. 아오이와의 이별처럼 긴 세월 동안 나를 괴롭힐지도 모른다.

인생이란 후회의 연속이다. 그러나 지금은 5월을 기다릴 수밖에 없다. 그리고 나의 미래는 유일하게 이 5월뿐…… 나머지는 모두 과거이다. 도대체 나는 무엇을 하고 싶은 걸까. 뭘 하려 하는 걸까. 5월보다 더 먼 미래는 상상도 할 수 없었다.

인수와의 재회 또한 과거와의 재회를 의미한다. 말없이 그녀를 포옹했다. 수많은 일들이 한꺼번에 밀려들어 나도 모르게 목이 메었다. 내가 그녀를 너무 세차게 끌어안은 채 한참이나 놓아주지 않자, 인수는 내 마음을 이해하고 내가 감정을 다스릴 수 있을 때까지 안긴 채 꼼짝도 않고 기다려주었다. 생각해보면 난 이런 친절과는 동떨어져 살아왔다. 일부러 친절을 거부하는 듯이 살아온 것이다. 메미조차도 거부했다. 자업자득의 고독이다.

아직 방도 정하지 않았다고 하자, 인수는 예전에 동급생이 일하던 호텔에 전화를 걸어 방을 하나 잡아주었다. 하고 싶은 말은 산처럼 쌓였지만, 피로에 지쳐 입을 떼기도 힘들었다.

조반나가 죽었다고 하자, 인수는 여기서는 큰 뉴스였다고, 고개를 끄덕이면서도 그 이상은 아무 말도 하지 않았다.

인수는 호텔까지 나를 바래다주었다. 그즈음에서야 인수 방에서 따스한 커피를 마신 탓인지 몸도 마음도 안정을 되찾아갔다. 아르노 강가의 싸구려 호텔에 체크인 하고, 우리는 이 층 레스토랑에서 저녁을 들었다. 아무도 없는 휑뎅그렁한 레스토랑 창가에 자리를 잡았다. 이틀이나 제대로 식사 한 번 못해서인지, 나오는 음식을 게걸스럽게 먹어치웠다. 그런 모습을 보고 인수가 말했다.

"다행이야. 식욕이 있으니 괜찮아."

손길을 멈추고 눈만 들어 하얗고 통통한 인수의 얼굴을 보았다. 상냥하게 미소 짓는 눈은 부드러운 곡선을 그리고 있었다. 어쨌든 먹었다. 오랜만에 맛보는 토스카나, 그 맛이 기억을 마구 흔들어놓았다.

"좀 안정을 찾았니Sèi un po più seréno?"

인수가 유창한 이탈리아어로 말했다. 그녀의 실력은 예전보다 월등히 좋아져 있었다. 오히려 내 쪽이 더 서툰 것 같았다. 때로 엉뚱한 말을 해서 인수를 웃게 만들었다.

"그랬니, 그런 일이 있었구나."

메미와의 일을 전한 다음, 태어나서 처음으로 제3자에게 아오이에 대해 시간을 들여서 차근차근 이야기해주었다. 인수가 나를 이해해주기를 바라서가 아니었다. 마치 나 자신에게 이야기하는 듯한 기분으로 인수에게 이야기했다. 기억의 끈을 풀어가면서 나는 나만의 과거로 여행하고 있었다.

"그럼 5월까지 여기 있겠구나."

잠시 후, 어디선가 목소리가 들려왔다. 엣, 하고 고개를 들어보니 인수가 나를 뚫어져라 바라보고 있었다. 인수가 있다는 사실조차 잊고 몽상에 빠져 있었던 것이다.

"선생의 죽음이 나를 이곳으로 불러들인 건 사실이지만, 이곳에 온 것은 아마도 아오이와의 약속 때문일 거야. 선생의 죽음을 슬퍼하는 한편으로, 나는 아오이와 약속한 날이 가까워졌다는 것 때문에 가만히 있을 수가 없었어. 선생의 죽음과 아오이와의 약속은 전혀 별개의 일이지만, 내 속에서는 이상하게 그 두 가지가 하나로 결합되어 있어. 선생의 죽음이라는 사건을 당하면서, 난 지금 살아간다는 것에 눈을 뜨기 시작했어."

인수는 고개를 끄덕였다.

"아오이가 약속을 기억하리라고는 믿지 않아. 그렇지만 나는 메미와 헤어지면서까지 아오이와의 약속에 모든 것을 걸었어. 메미는 정말로 나를 사랑해주었어. 나도 거기에 응하고 싶었어."

"응한다는 말, 그건 메미를 모독하는 게 아닐까. 그런 말은 하지 말도록 해."

인수의 목소리는 너무도 부드러웠다.

"미안해. 그럴 생각은 아니었어. 메미의 천진무구한 애정은 다른 무엇에도 비할 수 없는 깊은 의미를 던져주었어. 나도 메미를 좋아해. 그냥 겉치레로 하는 말은 아냐. 그렇지만 아오이를 잊을 수 없어. 잊을 수 있다고 믿었기에 메미와 사귈 수 있었던 거야. 이런 불순한 생각으로 사귀었으니, 메미에게 사죄해야겠지. 그렇지만 좋아했고, 앞으로 더 좋아할지도 모른다는 생각도 들어. 그렇지만 어쩔 수 없어. 시간이 흐르면서, 내 속의 아오이가 점점 더 커져가는 것을 느꼈지. 잊을 수 없는 사람이 있는 거야. 난 죽을 때까지 아오이를 잊을 수 없을 거야."

인수는 고개를 끄덕였다. 그리고 아무 말도 하지 않았다. 친구 메미를 고려하는 그녀의 상냥한 마음이 전해져왔다. 미안해, 하고 말을 마치고는 후회하고 말았다. 누군가에게 말을 하고 싶어서 그만 모든 것을 이야기했지만, 예전의 룸메이트가 지금 도쿄 하늘 아래서 얼마나 고통스럽게 살아가는지를 생각한다면, 인수가 동정이나 동의를 표할 리 없었던 것이다.

"언제든 내가 필요하면 연락해."

"고마워. 이런 잔혹한 이야기를 끝까지 들어줘서……."

아르노 강변에서 우리는 손을 잡았다. 인수는 하늘을 올려다보았다. 3월이라고는 하지만 아직 추웠다. 하늘은 끝도 없이 맑고, 별이 총총했다.

"그렇게 한 사람을 사랑할 수 있는 쥰세이가 정말 부러워."

인수가 입속말로 중얼거렸다. 모든 것을 버리고 사랑을 찾기 위해 달려가는 사람이 부러워, 하고 인수는 덧붙였다. 그녀가 보고 있는 밤하늘을 올려다보았다. 도쿄에서도 보이는 별자리가 있었다.

"내게도 예전에 사랑하는 사람이 있었어. 그 사람은 지금, 서울의 한 대학에서 교편을 잡고 있어. 만나고 싶지만 만날 수 없어. 그 사람은 행복한 가정을 가졌고, 사회적인 책임도 있으니까. 내가 서울을 떠난 것도 도저히 견딜 수 없었기 때문이야. 여기서 이렇게 과거를 죽이고 있는 것도 달리 갈 곳이 없기 때문이지."

인수의 눈에 눈물이 고였다. 그 눈물에 가로등 불빛이 반사되어,

눈물은 마치 살아 있는 생명체처럼 보였다.

"잊을 수 없는 사람Una persóna non pòsso dimenticare. 그 사람은 지금 뭘 하고 있을까."

인수의 목소리가 아르노 강 위로 불어가는 북서풍에 실려 사라져갔다. 보이지 않을 때까지 인수의 뒷모습을 바라보았다. 그것은 조반나처럼 보이기도 하고, 메미처럼, 또한 아오이처럼 보이기도 했다. 저 멀리 강 건너편 하늘에서 별 하나가 흘러갔다. 유성에 내 소원을 기도할 틈도 없이, 별은 어두운 우주 속으로 빨려 들어가버렸다.

싸구려 호텔의 딱딱한 침대 위에서 몸을 동그랗게 말고, 나는 나를 끌어안은 채 잠에 빠져들었다. 무엇 때문에 이렇게 고통스러운 인생을 선택해야 하는지, 그 이유를 알 수 없었다. 아오이를 잊을 수 없다면, 지금이라도 밀라노로 달려가면 되지 않는가, 그렇게 입속말로 중얼거려보지만, 그것은 도중에 한숨으로 변해 추락하고 만다.

꿈을 꾸었다.

낯익은 풍경이었다. 그곳이 겨울의 센트럴 파크라는 사실을 깨닫는 순간, 내가 꿈을 꾸고 있다는 것을 자각했다. 눈앞에 어머니의 사체가 누워 있었다. 눈이 내려 어머니의 몸은 반쯤 눈에 파묻혀 있었다. 나는 달려가서 어머니를 안아 일으키려 했다. 그러나 그것은 어머니가 아니라, 머리에서 피를 흘리는 조반나였다. 너무 놀라서 손을 뗐다. 선생의 몸은 눈 속에 서서히 잠겨갔다. 세찬 바람이 눈을 몰고 와 선생을 눈 속에 파묻어버리는 것이었다. 온통 새하얀 풍경 속에서 선생이 흘린 붉은 피가 세상을 선명하게 물들이고 있었다. 선생은 눈을 부릅뜬 채 투명한 눈물을 흘리고 있었다. 그 눈동자는 여기가 아닌 어딘가를 바라보고 있었다. 선생님, 선생님, 하고 불렀다. 그러나 대답이 돌아오지 않았다. 나는 울었다. 꿈속에서도 선생은 이미 죽었다는 것을 알았던 것이다.

그리고 내 울음소리에 내가 놀라 잠에서 깨어났다. 나는 억누르고 있던 감정을 일거에 쏟아낼 기세로 울기 시작했다. 모든 것을 쏟아낼 정도로 울고 또 울었다. 나의 업을 눈물과 함께 모두 쏟아내고 싶었다.

12

Il Sole Del Tramonto

석양

낮은 언덕을 흘러가는 5월의 바람이 거칠어진 볼을 스쳐간다.

햇살이 눈부신 느슨한 경사지에 몇 개의 묘가 사이좋게 피렌체 거리를 내려다보고 있었다.

새로 조성된 묘 앞에서 기도를 올리고 있는데, 어디선가 한 마리 벌이 날아와 내 주위를 선회하기 시작했다. 붕, 하는 날갯짓 소리가 조용한 전원 풍경을 마구 헤집는 것이었다. 마치 나를 그곳에서 쫓아내려는 듯이…….

벌은 지금 내 눈앞에서 정지비행을 하고 있다. 그 뒤에는 조반나의 이름이 새겨진 비석이 서 있다.

겁이 나 뒷걸음질 쳤다. 이곳에 오지 마, 라는 거절의 말을 들은 듯한 슬픈 느낌에 사로잡혀 발길을 돌렸다. 간단한 기도를 올리고 서둘러 그곳을 떠났다.

인수에게 소개받은 호텔에서 역 쪽으로 붙어 있는 싸구려 호텔 거리 파엔차의 한 호텔로 옮긴 지 한 달이 지났다. 쾌적하다고는 할 수 없지만, 노부부가 경영하는 호텔로, 아침이 딸려 나왔다. 일단 호텔로 돌아와 샤워를 하고, 식사를 하러 가까운 레스토랑으로 갔다.

레스토랑에는 나 혼자뿐이었다. 알 덴테와는 비교도 할 수 없는 너무 퍼져버린 파스타를 먹었다. 창 너머로 어두컴컴한 거리가 보였다. 학생들과 여행객들이 지나가고 있다. 하늘에서 쏟아지는 햇살이 땅바닥을 하늘 위로 약간 끌어 올려놓는 것 같았다.

아오이의 생일이 내일로 다가왔다. 그러나 내일이란 무얼까. 이렇다 할 일도 없이 평화로운 하루가 저물고, 긴 밤이 지나면 내일이 찾아올 것이고, 난 또다시 인생의 쓴맛을 봐야 할 것이다.

그 이후의 일을 생각하는 것 자체가 고통스러웠다. 그러나 아무것도 일어나지 않을 가능성 쪽이 훨씬 더 많은 지금, 나의 삽십 년 인생이 한순간에 백지 상태로 변해버린 것 같은 느낌에 사로잡힌다. 어떡하면 좋을지를 몰라, 멍하니 얼빠진 사람처럼 살아갈 것이다.

그러나 그런 건 하나도 두렵지 않다. 확실히 미래에는 불안밖에 없지만, 막상 눈앞에 닥치고 보니, 이상하게도, 오히려 어떤 결과가 나오든 아오이와의 추억을 평생 가슴에 간직한 채 살아가자는 결의가 생기는 것이었다. 아오이의 기억을 가슴에 품고 그 기억과 함께 살아간다…….

며칠 전, 인수에게 그런 이야기를 했다. 그러자 그녀는, 그건 불행한 일이라고 고개를 가로저었다. 인생은 한 번뿐이지만, 몇 번이라도 새로운 마음가짐으로 살아갈 수 있다. 자신의 새로운 짝을 찾아야 한다고 말했다. 응, 하고 고개를 끄덕였지만 마음은 그렇지 않았다.

나는 다시 한 번 여행길에 나선다. 내일, 아무 일도 일어나지 않는다면, 나는 새로운 마음으로, 아오이와의 추억을 다시 한 번 가방 안에 쑤셔 넣고 이곳을 떠나야 한다. 한 번도 가보지 못한 이국땅으로 가서, 전혀 다른 인생을 살아보고 싶다. 모든 속박을 벗어던지고 나에게 주어진 시간을 여행할 것이다.

수많은 사람을 만날 것이다. 그리고 수많은 사람과 헤어질 것이다. 배신, 졸업, 전학, 여행, 사별. 그 이유는 얼마든지 들 수 있지만, 인간이란 헤어지기 위해 태어난 존재가 아닌가. 그 고통에서 도망치기 위해 모두 새로운 만남을 필요로 하고 있다.

그렇지만 나는 아오이를 잊고 다음 단계로 넘어갈 수 없다. 사내답지 못하다 해도, 그것이 나라는 존재의 삶의 방식이니 어쩔 수 없다.

길 저쪽에서 잦은걸음으로 다가오는 그림자 하나가 있었다. 빛 속을 통과하면서 얼굴이 드러났다. 호텔의 노주인이었다. 손을 들어 보이자 노인은, 그 자리에 있어, 라는 신호를 보내더니 곧장 내게로 다가왔다. 숨을 헐떡이며, 큰일이야, 자네 할아버지가 돌아가셨어, 하고 말했다.

할아버지의 죽음에 대해서는 이미 각오를 굳히고 있었으므로, 조반나의 죽음과는 달리 그리 큰 충격으로 다가오지 않았다. 할아버지의 주먹이 나의 명치를 가격했을 때의 아픔이 떠올랐다.

빈틈이 많아…….

할아버지의 목소리가 귓가에 맴돌았다. 일본을 떠나기 전, 할아버지는 내 손을 꼭 잡아주었다. 몇 마디 하지도 않았지만 현세에서의 이별을 의식하고 있었을지도 모른다. 할아버지의 손은 차가웠다. 피의 온기도 서서히 식어가고 있었던 것이다.

호텔에서 도쿄로 전화를 걸자 고모가 받았다. 할아버지의 최후에 대해 이야기하는 고모의 목소리가 잔잔하게 울려왔다. 잠자듯 숨을 거둔 할아버지의 모습이 뇌리에 떠올랐다.

"모레 할아버지와 헤어지는 마지막 밤을 보낼 거야. 올 수 있겠니."

나는 고개를 가로저었다. 아무 대답이 없자, 무리하지는 마, 그렇지만 할아버지는 너를 가장 마음에 두고 살았어, 하고 중얼거렸다.

"돌아가고 싶지만, 지금은 갈 수 없는 사정이 있어요."

국제전화라고는 믿을 수 없을 만큼 또렷한 목소리가 오히려 할아버지의 죽음이 명백한 사실임을 확인시켜주고 있었다.

"고별식에는 네 아버지도 돌아올 거야. 할아버지는 네게도 많은 재산을 남긴다는 유서를 변호사에게 넘겨주었어. 네 아버지는 돈에 눈이 어두운 사람이라 여러 가지로 손을 쓸지도 몰라."

돈…….

"고모, 난 할아버지에게 너무 많은 것을 배웠어요. 내게 할아버지란 존재는 부모와도 같았어요. 그래서 지금이라도 당장 달려가고 싶지만, 내일, 난 이곳에 있어야 할 사정이 있어요. 팔 년간을 이날을 위해 살아온 나였으니까요. 할아버지에게 마지막 인사도 못 하는 불효를 용서해주세요."

고모는 알았다고 짧게 한 마디로 끝냈지만 그 목소리는 결코 어둡지 않았다.

"쥰세이, 거기서 기도를 드려. 반드시 할아버지에게 닿을 거야."

전화를 끊은 후, 눈두덩이가 뜨거워졌다. 호텔의 노부부가 프런트 안에서 이쪽을 바라보고 있었다.

"일본으로 돌아가니?"

노파가 상냥하게 물었다. 나는 고개를 가로저었다.

"돌아가고 싶지만, 여기서 꼭 해야 할 일이 있어서……."

노주인은 참 안됐다는 표정으로 나를 바라보았다.

"내일, 두오모에 오를 수 있을까요."

그렇게 묻자 노파가 달력을 보았다.

"목요일이니까, 괜찮을 거야. 기도드리러 가니?"

몇 시부터 쿠폴라에 오를 수 있나요. 나는 노파의 질문에는 대답하지 않고 물었다. 노파는 카운터 선반에 놓인 책을 들추어 보았다.

"아침 여덟 시 반부터."

감사하다는 인사를 하고 방으로 돌아왔다. 딱딱한 침대 위에 큰 대자로 누워 천장을 올려다보았다. 조용한 하루였다. 인생에서 가장 중요한 일이 눈앞에 닥쳤지만 세상은 나 몰라라 하며 평온히 움직이고 있다.

공기를 들이켜고, 공기를 뿜어낸다. 그리고 눈을 감았다. 눈물이 볼을 타고 흘러내렸다.

아무리 애를 써도 잠들 수 없었다. 할 수 없이 좀 과하게 와인을 들이켜고 침대에 파고들었지만, 알코올 기운이 떨어지자 그냥 눈이 떠졌다. 아직 해 뜨기 전이었다.

하늘이 뿌옇게 밝아오는 것을 보고 창문을 열고 차가운 공기를 들이켰다. 콧구멍 안쪽이 찡하면서, 폐 속으로 아침 공기가 퍼져나간다. 5월 25일이었다.

옷을 갈아입고, 해도 뜨기 전에 밖으로 나왔다. 안개 낀 골목길에서 한 걸음을 뗄 때마다 몸이 부르르 떨렸다. 한 걸음, 한 걸음 확인하듯이 걸었다. 거리에는 아무도 없었다. 큰길로 나서자, 안개도 사라지고, 눈앞에 두오모의 둥근 지붕이 나타났다. 이 거리 사람들은 몇 세대 전부터 저 쿠폴라를 바라보며 살아왔다.

만날 수 있을까. 아니면…….

두오모가 점점 가까워질수록 큰 기대와 불안이 번갈아 밀려와 서로를 밀쳐냈다. 매일 이 거리를 걸어갔지만 평소와는 느낌이 달랐다. 기대해서는 안 돼, 하고 나를 향해 말해보았다. 만나지 못하는 건 너무나 당연한 일이다. 십 년 전, 그것도 몽롱한 약속이었으므로…….

만나지 못한다 해도 나는 최후의 순간까지 쿠폴라 위에서 기다릴 것이다. 기다리면서 팔 년이란 시간을 복원할 것이다. 그리고 아오이가 오지 않아도 나는 무너져버린 나를 스스로의 힘으로 재생시키고 당당히 내려올 것이다.

숨을 죽이고 해가 뜨기를 기다렸다. 하늘이 밝아오자 비둘기 떼가 둥근 지붕 뒤에서 하늘로 날아올랐다. 두오모 앞 광장에는 집시 부자가 서로를 꼭 끌어안은 채 잠들어 있었다. 나는 광장 한복판 돌바닥에 앉았다. 차가운 아침 바람이 불어왔다.

길에서, 골목에서, 사람들이 하나둘 모습을 드러내기 시작했다. 일곱 시가 되자 가게 문이 열렸다. 빵과 음료수를 샀다. 집시 부자는 눈을 뜨더니, 둘이서 손을 잡고 통행량이 많은 쪽으로 이동해갔다. 코인을 받는 빈 깡통을 보도 위에 놓는다. 아버지가 아들을 끌어안았다. 마치 조각품처럼 움직이지 않았다. 햇살이 그들의 모습을 허공으로 띄워 올리자, 피렌체 거리는 원심력을 얻어 활발하게 움직이기 시작했다.

여덟 시 삼십 분, 대성당 문이 열리고, 나는 안으로 들어섰다. 텅 빈 거대한 공동에는 무거운 공기가 가득 차 있었다. 일만 리라를 지불하고, 드디어 쿠폴라를 향하여 발걸음을 옮겼다.

계단은 어른 둘이 겨우 지나칠 정도의 넓이였다. 서늘한 벽에 손을 대면서, 빙글빙글 나선형으로 돌아가는 계단을 올랐다. 꼭대기까지 가려면 사백 개의 계단을 오르지 않으면 안 된다.

금방 땀이 배어 나오기 시작했다. 한참이나 올랐지만, 정상까지는 아직도 멀었다. 그냥 이렇게 영원히 계단을 올라야 할 것 같은 느낌이 들어 현기증이 일었다. 옷을 하나씩 벗어 들었다. 결국에는 티셔츠 차림으로 올랐다.

나도 모르게 기억을 더듬고 있었다. 아오이와 만나 격렬한 사랑에 빠져들 무렵의 일들, 동거하는 거나 다름없었던 즐거웠던 시간, 중절, 이별. 그런 일들이 땀을 닦을 때마다 뇌리에 떠올랐다 사라져 갔다. 괴로웠다. 한 계단 한 계단, 기억의 발걸음은 너무도 무거웠다. 그 무게가 등을 타고 나를 아래로 찍어 눌렀다. 숨이 가빠와 몇 번이나 도중에 멈춰 서서 허리를 펴고 쉬어야 했다.

이윽고 쿠폴라 위로 나왔을 때, 나를 기다리고 있는 것은 피렌체를 가로지르는 봄바람이었다. 아아, 하고 나도 모르게 소리쳤다. 360도, 사방으로 활짝 열린 풍경이 펼쳐져 있었다. 방황의 터널을 빠져 나온 직후, 이런 풍경이 나를 기다려주고 있다니, 나는 구원받은 것 같은 심정이었다. 안도의 한숨이 터져 나왔다.

정상에는 아무도 없었다. 전망대를 한 바퀴 돌아, 360도로 펼쳐진 피렌체의 거리를 내려다보았다. 역사를 끌어안은 거리. 21세기라는 새로운 천년기에 돌입한 지금도 아직 중세를 그냥 그대로 간직하고 있는 거리. 어리석음과 위대함이 동거하는 거리. 복원을 거듭하는 거리. 과거를 응시하는 거리.

나는 쿠폴라 뒤편에 주저앉았다.

너무도 길게 느껴지는 기다리는 시간, 그것은 깨달음의 시간이기도 하다. 기다림의 저 앞에 기다림을 받아들이는 현실이 있다는 것을 깨닫기 위해, 사람은 기다림의 시간에 몸을 담근다. 그리고 나의 경우, 그것은 팔 년이라는 긴 시간이었다.

그러므로 지금, 신기하게도 나는 예상하지 못한 평온을 누리고 있는지도 모른다. 어제까지와는 전혀 다른 내가 있다. 아오이는 오지 않을지 모른다. 나는 팔 년이란 세월을 풀어놓았다. 지금은 아오이와의 과거에, 그리고 자신의 현재에 결착을 짓기 위해 여기에 있다.

눈앞에는 푸른 하늘이 펼쳐져 있었다. 나는 지금보다 더 젊었을 때, 푸른 하늘만 그리는 화가가 되고 싶었다. 화가라기보다는 하늘만 그리는 그림쟁이가 되고 싶었다.

하늘은 늘 변한다. 구름은 늘 자유롭게 모습을 바꾸어간다. 하늘을 올려다본다는 것은 마음을 바라보는 것과 비슷하다. 그래서 나는 하늘을 그릴 때면 마음이 조용히 가라앉았다.

여러 가지 하늘이 있듯이, 여러 가지 인간이 있다. 그렇다. 이제 모든 것을 받아들일 수 있을 것 같다.

낮은 하늘, 높은 하늘.
넓은 하늘, 좁은 하늘.
파란 하늘, 시커먼 하늘.
맑은 하늘, 뿌연 하늘.

그러나 어느 하늘도 하늘임에는 변함이 없다. 그것이 머리 위에 있으므로 나는 안심하고 살아갈 수 있는 것이다.

흐린 하늘을 향해 말을 걸어본다. 비를 내릴 생각이군, 그렇지만 내가 집으로 돌아갈 때까지 참아줘, 하고. 맑은 하늘을 향해 외쳐본다. 호오이, 호오이.

하늘이 있는 한, 나는 혼자가 아니었다. 학교에서 놀림을 당해도, 아버지에게 맞아도, 도회지 한복판에서 고독을 느낄 때도, 아무렇지도 않았다. 그럴 때마다 나는 하늘을 올려다보았고, 손에 스케치북이라도 들려 있을 때는 그 하늘이 변화하기 전에 재빨리 영원의 한순간을 그려 넣었다.

하늘이 있었다. 아무것도 가리지 않는 평탄한 공간. 빛의 입자가 넘쳐나는 청과 백이 뒤섞인 듯한 눈부신 하늘이 있었다. 이 팔 년을 내맡기기에 이보다 더 푸르고 맑은 하늘은 없을 것이다. 나는 쭈그리고 앉아, 똑바로 하늘을 바라보고 있었다.

많은 관광객들이 올라왔다. 다양한 나라에서 온 방문자들. 웃음소리가 끊이지 않았다. 나만 입을 꼭 다물고 정면을 응시하고 있었다. 푸른 하늘 한가운데쯤에 아오이가 있었다. 이쪽을 바라보며 미소 짓고 있다. 내가 알고 있는 아오이는 스무 살 여대생이다. 지금은 벌써 서른. 그러나 마흔이 돼도, 쉰이 돼도, 아오이는 아오이다.

가게에서 산 빵을 씹었다. 태양은 머리 위에 떠 있었다. 역시 오지 않아, 하고 생각했다. 빵을 씹으면서, 그렇게 평온하던 마음이 조금

씩 흔들리기 시작했다. 다시 한 번 푸른 하늘을 바라보았다. 그리고 입가에 미소를 띠어보았다. 슬프고 괴로울 때면 입가에 미소를 띠어봐, 하고 조반나는 말했다. 고마워요, 하고 하늘을 향해 중얼거려 보았다. 이 거리에서 만난 수많은 사람을 향해 감사드렸다.

서서히 해가 기울어지기 시작했다. 이제 슬슬 오늘 하루도 끝나려 하고 있다. 이 쿠폴라는 여섯 시 이십 분에 문을 닫게 되어 있다.

독일인으로 보이는 커플이 내 곁에 앉았다. 두 사람은 내 눈을 피해 키스를 나누고 있다. 낯선 외국어가 조용히 리듬을 타고 내 머릿속을 흔들어놓았다. 그들이 어떤 사랑의 말을 주고받는지 알 수 없었지만, 그들이 이 세상에서 가장 행복한 커플로 보였다. 웃음소리가 행복을 연주하고 있었다. 여자와 눈이 마주쳤다. 미소를 보내자 남자 쪽도 나를 바라보았다.

"곤니치와."

일본말로 인사했다.

"Bitte."

내가 알고 있는 유일한 독일말로 인사를 보냈다. 두 사람이 푸근한 미소를 보내왔다.

"혼자야?"

영어로 남자가 물었다.

"아니, 여기서 사람을 기다리고 있어."

여자 쪽이, 애인?, 하고 물었다. 나는 어깨를 으쓱해 보이며, 옛날 애인이야, 하고 말했다.

"얼마나 기다렸니?"

하고 남자가 물었다. 몇 시간 기다렸느냐는 의미이겠지만, 나는, 십 년, 하고 대답했다. 두 사람의 입가에서 웃음이 사라졌다.

"십 년 전에 5월 25일에 여기서 만나기로 했지."

여자 쪽이 금발을 쓸어 올리며 작게 한숨을 토해냈다. 이들의 행복을 방해해서는 안 돼, 하고 나 자신을 향해 속으로 외쳤다. 이런 사적인 일을 이들에게 이야기할 필요는 없는 것이다. 그러나 말하고 싶어 견딜 수 없었다.

"약속이라고는 하지만, 확실하지는 않아. 슬쩍 지나가는 말로 했을 뿐이야."

"그렇지만 자네는 오늘을 소중하게 여기고 기다렸잖나."

내가 고개를 끄덕이자, 남자는 호주머니에서 네 잎 클로버가 든 작은 플라스틱 카드를 내밀었다.

"뭔데?"

"일종의 부적이지. 작은 선물이지만, 받아줘."

"사양하지 마세요."

두 사람은 활짝 웃어 보였다. 나는 카드를 받아 들었다. 이탈리아어로, MHMBUONA FORTUNA(당신에게 행복이), 라고 적혀 있었다.

"받아도 돼?"

여자가 오늘의 태양만큼 밝은 미소를 띠며 말했다.

"응, 괜찮아."

"베네치아에서 산 건데, 이건 자네가 가져야 해."

"그렇지만……."

"MHMBUONA FORTUNA."

독일인 커플은 잠시 나와 함께 앉았다가, 태양이 서쪽 하늘 깊이 떨어져 내리자, 행운을 빌어, 라는 말을 남기고 떠났다.

네 잎 클로버. 플라스틱 케이스 안에 든 작고 작은 클로버가 네 개의 잎을 펼치고 있었다.

하늘이 붉게 물들기 시작했다. 건물 옥상이 빛을 반사하고 있다. 역시, 오지 않는 거야, 하고 한숨을 내쉬었다. 네 잎 클로버를 꽉 잡는 바로 그 순간이었다.

"쥰세이!"

목소리가 귓가를 때렸다. 바람의 장난이라 생각했다. 그러나 내 귀는 그리운 그 감촉을 확실히 느끼고, 또 기억하고 있었다. 뒤를 돌아보았다. 거기에는 그렇게 기다리던 사람이 서 있었다.

옛날의 아오이만 상상하고 있었던 탓인지, 팔 년이란 시간이 쌓아 올린 믿음직스럽고 아름다운 아오이의 모습에 눈을 동그랗게 떴다.

"아오이!"

이름을 부르는 것이 고작이었다. 천천히 일어서서 빨려들 듯이 한걸음 앞으로 나아갔다. 옛날보다 더욱 여자다운 모습으로 세련되어진 아오이. 옛날과 다름없이 초라하기만 한 내 모습도 망각한 채, 몇 걸음 더 나아갔다.

"와버렸어."

사백 개의 계단을 오른 탓에 그녀는 땀을 흘리고 있었다. 손등으로 땀을 닦으면서 아오이는 말했다.

기다렸어, 하고 말하자, 그녀는, 응, 하고 가볍게 고개를 끄덕였다.

저녁노을이 발갛게 그녀의 얼굴을 물들이고 있었다. 이럴 때조차 피렌체의 거리는 변함없이 고요한 시간의 흐름 속에 잠겨 있다. 나의 인생에 이렇게 중대한 일이 일어나고 있는데도, 두오모의 정상에는 이 세상에서 가장 느긋한 바람이 불어가고 있었다.

하고 싶은 말이 산처럼 쌓여 있었다. 그 말들은 금방 사라지는 거품처럼 목 안에서 피어올랐다가는 그냥 꺼져버렸다.

"기억하고 있었구나."

이 모든 상황을 도저히 믿을 수 없어 멍하니 얼굴만 바라보고 있는 나와는 달리, 아오이는 덤덤한 표정으로 그렇게 말했다. 그리운 그 목소리……. 그 목소리에는 싱그러운 십 대의 젊음이 잔해처럼 남아 있었다.

"서른 번째 생일, 축하해."

"고마워."

그제야 입가에 미소가 번져갔다. 그러나 그것은 넘쳐나는 미소가 아니었다. 잠깐 스쳐가는 허망한 웃음이었다. 금방 두 사람은 현실을 직시하는 엄숙한 표정으로 돌아갔다.

어떡할까, 망설였다. 꿈이 현실로 나타난 것 같은 불가사의한 감각 때문에 냉정을 유지할 수 없었다. 오지 않을 것이라고, 어딘지 모르게 자포자기하고 있던 탓도 있었다. 그러나, 아오이는 지금 내 눈앞에 있다.

"오리라고는 생각지 못했어."

솔직하게 말하자, 그녀는, 나도, 하고 대답했다.

"그런 약속도, 모두 잊었을 거라고 생각했어."

"나도."

"행복하게 살고 있다는 말을 들었기 때문에, 절대로 오지 않을 거라고 생각했어."

아오이는 입술을 꼭 깨물고, 시선을 깔았다.

"그렇지만 와버렸어."

아오이는 고개를 끄덕이며 그렇게 말했다.

"정말 왔어."

아오이는 다시 고개를 들어 내 눈을 똑바로 쳐다보았다.

"와버렸어."

도대체 누구에게 무엇을 감사하면 좋을까. 감사하기는 아직 이를지도 모른다. 바람이 불어간다. 그녀의 부드러운 머리카락이 바람에 흩날린다.

"오래오래, 이날만을 기다리고 있었어."

그녀는 아무 말이 없었다. 뭔가를 두려워하는 것 같기도 하고, 주저하는 것 같기도 하고, 조심하는 것 같기도 해서, 갑자기 목이 꽉 막혀왔다. 빨리 무슨 말이든 해야 할 것 같은데…….

아오이 쪽으로 몇 걸음 다가갔다.

눈앞에 꿈에도 잊지 못한 아오이의 검고 아름다운 눈이 있었다. 감정의 둑이 터지면서 한숨이 밀려 나왔다. 가슴이 터질 것 같아 무엇을 어떻게 해야 좋을지 몰랐다. 과거만을 바라보며 살아온 내가 비로소 지금이라는 현실을 보려 하고 있다. 눈앞에 있는 아오이는 더 이상 과거가 아니다. 눈앞의 아오이는 미래다. 그런 생각과 함께 행복과 불안이 내 몸 안에서 격렬하게 부딪치기 시작했다.

다음 순간, 아오이가 내 가슴에 뛰어들었다. 꼭 끌어안았다. 그것은 너무도 부드러운 현실이었다. 억눌러왔던 팔 년의 감정이 폭발했다. 두 팔로 힘껏 안았다. 학생 시절보다 더 가늘고 부드러운 몸……. 뼈와 살의 윤곽이 그냥 그대로 전해져왔다. 그것은 꿈속의 아오이가 아니라, 지금을 살아가는 오늘의 아오이였다.

"아오이!"

팔 년의 고통이 하늘로 날아오르려 하고 있었다.

"아오이!"

내 목소리는 떨리고 있었다.

"쥰세이……."

팔 년의 고통을 벗어던질 기세로 그녀를 꼭 끌어안았다. 시야에 하늘이 펴져나갔다. 애절하고 허망하게, 붉게 물든 고도의 저녁노을이었다.

13

Il Nuovo Secolo

새로운 백년

왜 타인의 마음을 이해하지 못할까.

어린 시절, 함께 놀던 친구의 얼굴을 바라보면서 늘 그런 생각을 해보았다.

어른이 되어가면서, 그런 유치한 의문은 현실의 자포자기와 함께 어디론가 사라져버렸다.

아오이와 헤어지고 팔 년이 지났다. 타인이 되어, 그녀는 점점 내 마음속에 자리를 잡아갔다. 과거보다도 더 큰 존재라 해도 과언이 아니었다. 그래서 팔 년 만에 갑자기 눈앞에 나타난 그녀를, 나는 당혹스럽게 바라볼 수밖에 없었다.

서른이 되어버린 아오이. 그사이 팔 년이란 세월은 우리 마음속에 어떤 변화를 가져다주었을까.

서로 만나지 못한 팔 년, 아오이는 내 안에서 점점 더 강한 빛을 발하고 있었다. 두 번 다시 만나지 못할 거라고 생각하면 할수록, 그녀는 점점 더 큰 존재로 부풀어 올랐다.

그러나 갑자기 눈앞에 나타난 아오이에 대해 내가 어떤 행동을 취해야 할지 도무지 알 수 없었다. 함께 두오모 계단을 내려가면서, 앞으로의 일을 생각하는 것 자체가 행복하면서도 두려웠다.

만나지 못하리라 생각했기 때문일 것이다. 만나지 못하면 포기하게 될 것이라고 생각했다. 팔 년이란 세월에 결착을 지을 각오로 두오모 위에 서 있었으므로. 그러나 그녀가 나타남으로써 잊혀가던 가슴에 새로운 불길이 번져나가기 시작했다. 그 화염은 상상도 못할 만큼 크게 부풀어 올라, 나는 착각에 빠져들었다. 행복이 돌아왔다고.

그 때문에, 저 길고 긴 두오모의 계단에서 내 가슴은 심하게 고동치고 있었고, 내 발걸음은 구름을 밟는 듯이 가볍게 떠올랐던 것이다.

그녀의 짐은 작은 가방 하나였다.

그것을 내가 받아 들고, 그녀는 내 바로 앞에서 발끝으로 걸어가고 있었다. 우리 두 사람 사이로 냉정과 열정이 번갈아 밀려와, 말과 감정을 억눌렀다.

스타치오네 광장의 느긋한 풍경 앞에 산타 마리아 노벨라 성당의 첨탑이 솟아 있고, 그 고귀한 자태를 곁눈으로 바라보며 우리는 피렌체의 중심 역 산타 마리아 노벨라 역 구내로 나아갔다.

역전에는 택시가 줄을 서 있고, 유럽과 이탈리아 국내 여행을 떠나는 사람들로 붐비고 있었다. 여행객들이 가방을 끌며 커다란 역 입구 안으로 빨려 들어가기도 하고 밀려 나오기도 했다. 그러나 도쿄나 밀라노의 무기질적인 역과는 달리, 전체적으로 따스하고 청초한 분위기를 풍겼다.

"여기서 됐어."

아오이가 내 팔에서 가방을 뺏으려 할 때마다, 나는, 괜찮아, 하고 몸을 비틀었다. 무엇이 괜찮다는 건지 나도 알 수 없었다.

높다란 역 구내의 천장에는 길을 잘못 든 비둘기 한 마리가 철창에 앉아 실내를 오가는 사람들을 내려다보고 있었다. 아오이는 밀라노행 티켓을 사기 위해 거침없는 태도로 매표소 앞에 줄을 섰다.

두오모 위에서 재회한 그날, 그녀는 뒤를 돌아보는 나를 향해, 와 버렸어, 하고 말했다. 팔 년 만에 듣는 믿을 수 없는 그녀의 목소리였다. 나는 금방 대답을 할 수 없었지만, 필사적으로 말을 찾으면서, 늘 오빠 같은 태도로 그녀를 안심시키는 것에 삶의 보람을 느끼던 그 옛날처럼, 기다리고 있었어, 하고 말했던 것이다. 그렇게 말하면서도 그 자리에 그냥 쓰러지고 싶을 만큼 마음은 혼란스러웠다.

오지 않을 사람이 온 의미를 찾고 있었다. 그러면서 당연히 아직 두 사람 사이에는 사랑이 남아 있다고 믿어버리는 것이었다. 팔 년 따위 십 분이나 다름없다고 오해하고 마는 그런 흥분 속에 빠져 있었다.

우리는 세월의 어둠 속을 손으로 더듬어 서로의 윤곽을 확인하려 했다. 만남이라는 기세를 타고 우리의 열정에는 불이 붙고, 냉정에는 물이 뿌려졌다.

그녀와 하나가 되려는 순간 갑자기 내 몸은 위축되었다. 기쁨과 놀라움과 불안으로. 그러나 그것만은 아니었다. 그녀의 몸속에서 절단되어버린 작은 생명을 떠올렸기 때문이기도 했다. 복잡한 사정이 얽히고설키면서, 아오이는 혼자 산부인과 문을 두드렸고, 내가 모르는 사이에 우리의 사랑이 만들어낸 하나의 결실을 잘라버렸다.

"왜 그래?"

아오이의 손바닥이 내 볼을 쓰다듬었다. 얼이 빠진 내 얼굴을 그녀의 칠흑 같은 눈동자가 응시하고 있었다.

"아냐, 아무 일도."

한꺼번에 밀려드는 수많은 상념과 현실 앞에서 나는 어쩔 줄 몰라 했고, 육체는 점점 더 위축되어갔다. 그런 가운데 이윽고 나는 어둠 속에서 어떤 온기를 느끼기 시작했다. 아오이의 손이 나의 육체를 떠받쳐준 것이다. 부드럽고, 따스한 손바닥이 내 육체에 빛을 쏟아부었다.

갑작스러운 재회가 가져다준 정신적인 피로감을 아오이가 풀어주었던 것이다. 그녀를 어른으로 만들어준 팔 년이란 세월을 목격하는 순간이기도 했다. 우리는 하나가 되어 녹아들었다. 기억도, 관능도, 고통도, 기쁨도, 하나로 엉켜 나를 떨게 했다.

남자란 과거를 질질 끌며 살아가는 동물이라고 단적으로 말할 수는 없겠지만, 마음의 스위치를 전환하는 데는 여자보다 훨씬 서툰 것 같다. 아오이의 리드로 점점 뜨거워지면서, 나는 팔 년 전, 우메가오카의 방에서 뜨겁게 하나가 되던 우리의 모습을 떠올리지 않을 수 없었다.

아오이의 육체가 관능의 물결을 타고 흔들릴 때마다 나는 힘을 넣었다. 내게도 메미와의 성적 관계를 통하여 남녀의 미묘한 역학 관계에 관한 지식이 있었다. 힘을 넣고 빼고 하면서, 팔 년 전의 나와 아오이는 그런 지식을 전혀 가지지 못했다는 사실을 추억했다.

아오이는 미국인 애인의 사랑을 받고 이렇게 아름다워진 것이다.

나는 아오이에게서 그녀의 몸과 냄새의 변화를 느꼈다. 거기에는 나라는 존재가 절대로 끼어들 수 없는 영역이 있었다.

"쥰세이!"

아오이의 목소리에 흥분을 느끼면서도 어떻게 하면 좋을지 몰라 허둥대기만 했다. 팔 년 만의 교접을 끝내고, 마치 몇 천 미터를 헤엄친 듯한 기분은 왜일까. 도대체 무엇을 꺼려하고, 누구의 시선을 두려워한단 말인가.

아오이는 아오이가 아니었다.

그렇게 기다리고 기다리던 사람이 지금 내 팔 속에 있다는 사실 자체가 나를 경악하게 했다. 아오이, 하고 이름을 불렀다. 그러자 그녀는 얼굴을 들고, 팔 년 전과 똑같은 눈동자로 나를 바라보았다. 환상이 아니라고 생각하면 할수록 불안해졌다.

이쪽을 응시하는 아오이의 눈이 창으로 비쳐드는 달빛을 받아 비현실적으로 반짝이면 반짝일수록, 나는 현기증을 느꼈다. 오랜만에 어릴 적의 의문이 머릿속을 스쳤다. 왜 나는 지금, 아오이가 어떤 생각을 하고 있는지 모르고 있는 것일까.

아오이의 생각이 지금 어디로 향하고 있는지 알 수 없었다. 아오이가 그 허망한 약속을 잊지 않고 있었다는 것도 경이로웠지만, 내가 팔 년이나 기다려온 사람이 갑자기 모습을 드러낸 것 또한 경이였다. 이런 기적이 일어났기에, 우리 두 사람은 보다 강렬한 재회를 이룰 수 있었다는 것 또한 사실이었다.

그러나, 그렇게 생각할 수만은 없었다. 나를 바라보는 아오이의 눈이 아름답게 느껴지면 질수록, 내 마음은 갈 곳 몰라 하는 것이었다.

두 사람은 도대체 무엇을 끌어안고 있는 것일까. 내가 안고 있는 것은 팔 년 전의 아오이였다. 아오이도 필시 팔 년 전의 나를 안고 있을 것이다. 두 사람은 과거와 잔 것이다.

일 초라도 빨리, 현재를 과거로 물들이고 싶었다. 두 사람 사이에 놓인 거대한 계곡을 메우고 싶었다. 임시로라도 다리를 하나 놓고 싶었다. 그러나 계곡은 생각보다 깊고 험했다.

과거는 고통이나 증오심조차도 아름답게 보이게 한다. 그래서 나는 아오이를 안으면서 흐르는 눈물을 막을 수 없었다. 나의 눈물은 아오이의 어깨를 적셨다. 그러나 그녀도 울었는지는 모른다.

사흘 후 아침, 눈을 떠보니 아오이는 내 팔 속에 없었다. 창가 의자에 앉아 혼자서 묵묵히 짐을 꾸리고 있었다. 나는 가늘게 눈을 뜨고 그 모습을 망연히 지켜보고 있었다.

고작 사흘로, 당연한 일이지만 통속 멜로드라마처럼 우리는 팔 년의 공백을 복원시킬 수 없었다. 두 사람은 같은 그림을 바라보면서도 제각기 자신의 생각을 이야기했을 따름이다. 어느 쪽에도 그림을 복원시킬 만한 열정은 남아 있지 않았다. 그리움만 간직한 냉정한 동창회와도 같았다.

우리는 팔 년이란 시간을 한꺼번에 토해냈다. 그러나 그것은 상대에게 전하려는 이야기가 아니라, 자기 자신에게 그 팔 년을 납득시키기 위한 행위에 지나지 않았다.

사흘 동안, 우리는 필사적으로 팔 년이란 세월을 메우려 했다. 지칠 줄 모르고 서로를 탐하고 입을 맞추었다.

말이 막히면 서로를 안았다. 팔 년은 너무 길었다. 그래서 있는 힘을 다해 헤엄치려 했지만, 결코 며칠 사이에 넘을 수 있는 강은 아니었다.

눈앞에 있는 아오이가 팔 년 전의 아오이와는 다른 사람임을 깨닫는 데 고작 사흘밖에 걸리지 않았다는 사실이 나를 충격으로 몰아넣었다. 얼굴도 목소리도 몸도 옛날과 다름없었지만, 거기에는 뭔가가 빠져 있었다. 어딘가 구멍이 뚫리고 틈이 생긴 것 같았다. 바로 그것을, 복원사인 내가 찾아내어 어떻게 복원시킬 것인가를 신중하고 냉정하게 판단해야 했다. 그러나 그것이 불가능했다.

밀라노행 티켓을 산 아오이는 내 손에서 가방을 받아 들었다. 손목시계를 보고, 오 분 남았어, 하고 말했다.

"꼭 가야 하니?"

내가 그렇게 말하자, 그녀는 입술을 살짝 깨물고, 응, 하고 고개를 끄덕였다.

"꼭 가야 하는 건 아니지만, 내가 있어야 할 장소인 것 같아서."

5월의 바람이 역 구내를 불어갔다. 팔 년 전 도쿄의 5월, 그 바람을 나는 아직도 기억하고 있다. 아오이가 얼굴을 치켜들었다. 비둘기가 날았다. 갑자기 사람들의 움직임이 멈추고, 소리가 사라지고, 마치 중세의 그림을 보는 듯한 기분이 들었다.

"갈게."

아오이는 그렇게 말하고, 두 팔로 내 어깨를 감싸더니, 볼을 부비고, 마치 서양 사람처럼, 또는 영화의 한 장면처럼, 너무도 세련된 인사를 한 후, 조용히 그곳을 떠났다. 뒤를 쫓을 수도, 소매를 부여잡을 수도, 울 수도 없었다. 겨우 사흘. 겨우 사흘로 팔 년이 청산되어버린 것이다.

아오이가 개찰구를 빠져나가 플랫폼 저편으로 사라진 후, 나의 시야 속으로 다시 사람들이 움직이기 시작하고 시간이 흘러가기 시작했다. 다시 소리가 들려오고, 빛이 비치고, 바람이 불어갔다.

나는 처음부터 다시 생각해본다.

첫째 날 밤, 아오이는 내 팔에 안겨 있었다. 두 사람은 깊은 잠에 빠져들려 하고 있다.

이제야 돌아왔어, 하고 반쯤 잠든 상태로, 언어의 한계를 새삼 절감하면서 필사적으로 말을 자아냈다.

내 팔에 안긴 채 그녀는 과거를 추억하는 듯 가는 눈을 뜨고, 가볍게 고개를 끄덕였다.

두 사람은 서로의 윤곽을 더듬으며, 재회의 당혹감 때문에 밀려드는 피로감을 이기지 못하고 잠에 빠져들었다.

둘째 날, 두 사람은 피렌체 거리를 끝도 없이 걸었다.

나는 아오이와 함께 걷는 도시의 공기를 즐겼고, 그녀 또한 내가 있는 공기를 만끽했다. 그리움에 가슴 졸이며 감동하고 찬찬히 현실을 맛보았다.

피렌체 거리의 풍경은 눈에 들어오지도 않았다. 내 곁에 아오이가 있다는 사실만을 기뻐하며 걸었다. 아오이가 내 곁에 있다는 사실을 도저히 믿을 수 없어, 몇 번이나 몇 번이나 그녀의 얼굴을 엿보고, 또 엿보고, 광장의 한복판에 우뚝 멈춰 서서 서로의 얼굴을 바라보았다.

그리고 밤이 오면 다시 안고 잠들었다. 격렬하게 상대를 갈구한 후, 깊은 잠에 빠져들었다.

잠들기 직전에, 정말 이상한 기분이 들어, 라는 그녀의 말에, 나도, 참 이상한 기분이야, 하고 말했다. 담요 속에서 꼭 잡은 두 손만이 과거의 온기를 그대로 전해주고 있었다.

팔 년, 하고 아오이가 말하면, 정말 길었어, 하고 내가 대답했다. 그때는 정말 사랑받고 있었어, 하고 아오이가 말하면, 정말 사랑했어, 하고 내가 대답했다.

팔 년 전과 무엇이 변하고 무엇이 변하지 않았을까, 아오이가 목소리에 약간 힘을 넣고 하는 말에, 나는, 모든 것이 변해버린 것 같지만 사실은 아무것도 변하지 않은 것 같아, 하고 암호처럼 대답했다.

그러나 암호는 금방 해독되어버렸다. 갑자기 그녀가 몸을 돌려 누웠고, 나는 그런 기척을 느끼며 망막에서 물기가 빠져나가는 느낌에 사로잡혔다. 열정이 냉정에 떠밀려가는 것 같았다. 그것은 이 세상의 밤이 아침에게 떠밀려 사라지는 것과도 같았다.

사흘째, 오늘은 어디로 갈까?, 하고 아오이는 창가에 앉아 아르노 강을 내려다보며 중얼거렸다.

맑디맑은 피렌체의 하늘과 달리 그녀의 목소리에는 어딘지 모르게 그늘이 깔려 있었다. 옆얼굴에는 시간의 폭력에 대한 자포자기가 짙게 깔려 있었다.

억지로 어디 가는 건 그만두기로 해, 그리고 우리는 벽에 기대앉아 각자의 팔 년을 이야기하기 시작했다.

아오이가 말하는 하루하루는 너무도 행복한 것이었다. 과거의 대표 격인 내가 나설 무대 위는 여기저기 잡초가 돋아난 황량한 공간으로 변해 있었다.

"행복하구나."

그렇게 말하자 아오이는 입술을 옆으로 당겼다. 미소 짓는 것 같았다. 그러고 나서 아오이는 작게 고개를 끄덕였다.

결정적인 순간이었다. 잡초투성이 무대로 나온 노배우는 나오지 않는 대사를 필사적으로 기억해내려 애쓰다, 손발도 움직이지 못하고 그냥 뻣뻣하게 서 있기만 하는 것이었다.

나 또한 지난 팔 년의 세월을 담담하게 읊었지만, 그것은 자존심 센 내 성격이 보여준 유일한 연기이기도 하였다.

행복하구나, 그럴 거야, 아오이는 행복했던 거야…….

미국인 애인이 있고, 그녀를 기다려주는 거리가 있고, 직장이 있고, 육친과도 같은 페데리카가 있고, 상냥한 친구들이 있다. 그것들로부터 아오이를 빼앗아올 자신이 없었다. 그런 열정은 올바르지 못하다.

나는 메미와의 나날들을 이야기했다. 다소 과장하여. 대항의식이 그렇게 나를 만들었다. 마음속으로 메미에게 사죄하면서 나는 끝도 없이 떠들어댔다.

"그렇지만 난 하루도 만족할 수 없었어. 그래서 그 약속만 기억하며 살아온 거야."

아오이는 나를 바라보며,

"쥰세이."

하고 불렀다. 그리고 손바닥으로 내 볼을 감쌌다.
"응?"
"쥰세이."
쥰세이, 쥰세이, 쥰세이, 쥰세이……. 아오이의 목소리는 팔 년 전 그대로 높고 가늘고 약하고 달콤했다.
"안아줘. 사랑해. 정말. 얼마나 만나고 싶었는지, 자기는 상상도 할 수 없을지 몰라도."
그래, 안고 싶어. 두 사람은 방 안을 가득 채우는 햇살 속에서 끌어안았다. 빛 속에서 떠오르는 아오이의 육체를 처음 보았다. 팔 년의 변화는 여기서도 나타나고 있었다.

언제부터 밝은 곳에서 사랑을 나눌 수 있게 되었을까.

아름다운 육체. 라파엘로가 그린 나부처럼, 몇 세기고 살아남을 수 있는 영원한 아름다움과 고귀함을 가지고 있었다.

아오이는 관계가 끝나자 기다렸다는 듯이 벌떡 자리에서 일어나 옷을 입기 시작했다. 나는 시트로 몸을 감싼 채 뭔가를 떨쳐내려는 듯이 움직이는 아오이를 가만히, 가만히, 꼼짝도 하지 않고 지켜보았다.
"맛있는 점심 먹으러 가. 나, 오후 기차로 갈 거야."
뭔가를 떨쳐내려는 듯이 활기찬 목소리로 그렇게 말했다. 마치 졸업 여행의 마지막 날 같은 느낌이었다. 나는 그 기세에 눌려, 알았어, 하고 미소를 띠며 대답했다.

"괜찮아. 억지로 잡지 않을 테니까."

최후의 대사는 승자에 대한 패자의 필사적인 저항이었다. 슬픔을 억누르며, 고전적인 조각상의 미소를 흉내 내어 억지로 웃어 보였다.

"아오이."

등을 바라보며 불렀다.

"만나서 정말 반가웠어."

아오이는 천천히 뒤를 돌아보며, 나도 그래, 하고 중얼거렸다.

17시 51분발 국내 특급은 천천히 플랫폼을 빠져나가고 있었다. 커다란 차체는 중세 기사처럼 늠름하여, 이 역사적인 도시와 잘 어울렸다.

나는 개찰구 앞에서 그녀를 전송했다. 새로운 세기. 난 무엇을 양식으로 살아가면 좋을까. 또는 살아갈 수 있을까.

결국 냉정이 이겼다. 구내를 헤매고 다니던 비둘기가 이제 겨우 밖으로 빠져나갔다. 낮게 한숨을 토해냈다. 눈 깜짝할 사이였다. 반추할 만한 추억도 남기지 않고 막은 내렸다. 이런 결말을 위해 팔 년이란 세월을 기다렸던가. 온몸에서 힘이 빠져 꼼짝도 할 수 없었다. 죽음과도 같았다.

어떡하면 좋을까, 도쿄로 돌아가야 할까, 좀 더 여기 머물러야 할까, 도무지 알 수 없었다.

겨우 역을 빠져나왔다. 그러나 발걸음은 무겁고, 눈앞은 캄캄했다. 바쁘게 오가는 저녁 시간의 사람들 틈에서 어깨를 늘어뜨리고 나는 걸었다.

이 거리의 역할은 이제 끝났다고 생각하자, 갑자기 모든 것이 달라 보였다. 낯익은 거리도 사람도 모두. 모든 것이 아무 데서나 판매하는 그림엽서 속의 피렌체 같았다.

오로지 팔 년을 아오이만을 생각하며 살아왔다. 약속만을 유일한 삶의 의미로 생각하며 살아왔다. 과거만을 짊어지고 살아온 나 자신에게, 이제 와서 신은 무엇을 새로 시작하라고 말하고 싶은 걸까.

두오모의 쿠폴라가 보였다. 저 건너편에서 위풍당당한 자태를 뽐내고 있었다. 처음 이 쿠폴라를 보았을 때 느꼈던 감동을 떠올렸다.

그때는 아직 열정이 있었다. 언젠가 저기서 아오이를 만날 수 있다고 믿을 수 있을 정도로.

매일 기도하듯이 나는 아오이의 이름을 마음속에 새기고 있었다. 그러나 지금은 사형 판결을 받은 죄수처럼 전혀 미래를 그려낼 수 없었다. 두 사람이 두오모 위에서 재회해버렸기 때문이었다. 저기서 재회하지 않았더라면, 하고 나는 쿠폴라를 원망스럽게 올려다보았다.

재회하지 않았더라면, 나는 아직 과거를 짊어진 채 살아갈 수 있지 않았을까. 저녁노을에 물든 첨탑. 새의 무리가 하늘과 우주 사이를 가로질렀다. 꼼짝도 못 하고 오로지 그 주위를 올려다보고만 있었다.

왜……, 뭔가가 머릿속을 가로질렀다. 그렇다, 왜, 왜 아오이는 이곳으로 왔을까.

나는 가슴속에서 작은 열정 하나가 반격에 나서는 것을 느낄 수 있었다. 이 순간, 과거도 미래도 퇴색하고, 현재만이 빛을 발한다. 시원스러운 바람이 광장을 불어가고, 나는 바람의 흐름에 눈길을 고정시킨다. 사방팔방에서 두오모로 몰려드는 사람들의 긴 그림자가 돌길 위에서 흔들리고 있다. 과거도 미래도 현재를 이길 수 없다. 세계를 움직이는 것은 바로 지금이라는 일순간이며, 그것은 열정이 부딪쳐 일으키는 스파크 그 자체다.

과거에 사로잡히지 않고, 미래를 꿈꾸지 않는다. 현재는 점이 아니라, 영원히 계속되어가는 것이라는 깨달음이 내 가슴을 때렸다. 나는 과거를 되살리지 않고, 미래를 기대하지 않고, 현재를 울려 퍼지게 해야 한다.

그녀는 이곳에 왔다. 십 년 전의 사소한 약속이라고도 할 수 있는 약속을 기억하지 않았던가. 행복한 인생 속에서도 그녀는 과거를 뚜렷이 기억하고, 그리고 무엇보다 아오이는 이 거리로 왔다. 그래서 우리는 재회했다.

두려움과 불안과 망설임 때문에 모든 것을 향해 등을 돌려버리면, 새로운 기회는 싹이 잘려 다시는 이 세상에 얼굴을 내밀지 못할 것이다. 후회만으로는 끝나지 않을 것이다.

"아오이."

다시 한 번 마음속으로 그녀의 이름을 불러본다. 무엇보다 소중한 현재. 산타 마리아 노벨라 역을 향하여 걸어가기 시작했다.

나는 아직 아무런 시도도 하지 않았다. 아무런 노력도 해보지 않고, 그녀를 그녀의 현재로 돌려보내서는 안 된다. 팔 년을 다시 얼어붙게 해서는 안 된다.

역이 가까워지면서 어느새 나는 달리고 있었다. 과거로 돌릴 수는 없다고 외치면서.

역 구내에 걸린 커다란 시각표를 올려다본다. 가장 빠른 열차는 18시 19분발 국제 특급이다. 그걸 타고 밀라노에 도착하면 21시 정각. 아오이가 탄 국내 특급보다 십오 분 빨리 도착할 수 있다. 십오 분, 고작 십오 분이지만, 나는 그것으로 미래를 손에 넣을 수 있다. 아직 기회가 있다.

구내를 걸어가는 사람들 사이를 뚫고 나는 곧장 국제 특급 매표소로 달려갔다.

"밀라노행 국제 특급."

담당자에게 그렇게 말하자, 남자는 재빨리 시각표를 보았다. 남자의 두터운 손가락 끝이 시각표를 더듬어간다. 기계를 조작하자 금방 한 장의 티켓이 튀어나왔다.

"18시 19분발. 자넨 운이 좋아. 마침 빈자리가 많아. 그렇지만 서둘러야 할 거야. 곧 출발이니까."

담당자에게 티켓을 받아 들고 나는 플랫폼을 향해 달렸다. 어떻게 하려는지, 만나서 무슨 말을 해야 할지, 아무 생각도 없었다. 수많은 생각들이 머리를 스쳐갔다.

확실한 건 하나도 없다. 모르니까 이렇게 달리는 것이다.

단지, 다시 한 번 만나고 싶다. 어쨌든 다시 한 번 그녀의 눈동자 속에서 나를 찾아보고 싶다.

개찰구를 뚫고 들어서자, 국제 특급이 나를 기다리고 있었다. 저녁 햇살을 받아 강철의 차체는 둔탁한 빛을 발하고 있었다. 유럽 횡단철도의 웅장한 모습을 뽐내고 있었다.

나는 레일 앞쪽을 바라보았다. 이 열차가 나를 데리고 가는 그곳에서 조용히 나를 기다리고 있을 새로운 백 년을 살아갈 것을 맹세하면서.

"새로운 백 년."

크게 심호흡을 하고 유럽 국제 특급의 트랩에 오른발을 올렸다.

| 저자 후기 |

에쿠니 씨와 시모기타자와의 찻집에서 함께 책을 만들어보자고 의기투합한 지 몇 년의 세월이 흘렀다. 우리 둘의 생각이 결실을 맺어 이렇게 책이 나온 지금, 그때를 생각하면 낯이 간지럽다. 무슨 이야기를 하다 이런 결말이 되었는지 기억나지 않지만, 어떤 열정을 공유한 것만은 분명하다. 의기투합하여 돌아오는 길에 저녁노을을 바라보며, 우리는 냉정하게 흥분해 있었다.

이 기획이 출판사 쪽에서 우리에게 온 것이라면 최후의 순간까지 열정을 쏟을 수 없었을지도 모른다. 작가로서의 에쿠니 씨에게 흥미를 느끼고 있었고, 존경하기 때문에 이 년이란 연재 기간을 버텨낼 수 있었을 것이다.

편지를 주고받는 듯한 연재였다. 그녀가 원고를 보내오기를 늘 두근거리는 가슴으로 기다렸다. 멋진 글이 오면 나도 투지를 불태

웠다. 아오이의 흔들리는 감정을 묘사한 글을 받아보고, 쥰세이에게 열정을 기울였다. 혼자서 쓰는 소설이 아니기 때문에, 여러 가지 제약에 고민도 하고 고통도 받았지만, 그러나 그것은 전체에서 극히 사소한 일부분에 지나지 않았다. 그 이상으로 이 공동 작업은 자극적이었고 의미가 있었다. 이 실험적인 소설 수법에 상당한 가능성이 있다는 느낌을 받았다. 문제는, 작가라는 존재는 늘 자신이 최고라고 생각하는 동물이라, 이런 협력 관계 자체가 성립하기 힘들다는 데에 있다. 기적의 소중한 첫걸음이라고 하면 좀 지나친 표현일까.

같은 타이틀로 다른 작가에 의해 두 권의 책이 동시에 출간된다. 게다가 그 성과에 우리 모두 만족하고 기뻐할 수 있다는 이 놀라운 사실.

이야기가 앞으로 나아갈수록 우리의 즐거움도 더했다. 나의 멋진 파트너 에쿠니 가오리 씨에게 진심으로 감사드린다. 당신의 열정과 냉정은 동업자인 나에게 큰 힘이 되어주었고, 또 나는 많은 것을 배웠다. 가능하다면 영원히 연재를 하고 싶었다. 나는 지금도 은밀히 아오이의 미래를 상상해보고 있다.

가도가와 서점의 담당자 다케우치 유카 씨, 그리고 에쿠니 씨 담당자 호리우치 다이지 씨. 월간 〈가도가와〉 초대 담당자 이케다니 진고 씨, 연재를 흔쾌히 받아준 월간 〈피처〉의 츠지 사나히로 씨, 미야케 노부나리 씨. 밀라노의 나카오 신지, 카즈미 부처. 일러스트레이터 페포 씨. 피렌체에서 많은 도움을 주신 아가타 요시요 씨. 많은 분들의 도움이 아니었더라면 이 책은 빛을 보지 못했을 것이다. 이 자리를 빌려 감사드린다. 정말 감사합니다.

냉정과 열정 사이에는 무엇이 있을까. 사랑과 고독 사이에는 무엇이 있을까. 독자 여러분께서 이 작품을 통하여 제각기 감정 사이로 흘러가는 작지만 결코 끊임이 없는 강을 발견하시길 바라면서.

츠지 히토나리

| 역자 후기 |

짙은 어둠이 깔린 대지(또는 바다) 위로 태양이 떠오르기 시작하면 검은 하늘은 서서히 푸른색을 더해간다. 아침은 그렇게 물색이다. 파랗다. 왜 아침은 파랄까. 그건 빛이 어둠을 이겼기 때문이다. 그러나 어둠이 빛을 이기면 붉은 색이 나타난다. 그래서 석양은 늘 붉게 타오른다. 이제 태양은 서쪽 산 아래로 저물어가려 한다. 어둠이 빛을 저편으로 몰아가고 있다. 그 석양은 늘 붉다. 그건 멀어져 가는 빛이다. 밝음을 뒤로하고 어둠으로 나아가는 순간, 우리는 빨강을 본다. 그리고 어둠이 감싼다.

어둠 속에 빛이 비칠 때, 우리는 그곳에서 파랑(靑)을 볼 것이다. 깊은 물은 파랗다. 바다가 우리에게 그런 색채의 진실을 이야기해주고, 하늘이 우리에게 그 소식을 전해주고 있다.

밤하늘의 별빛은 파랗다. 빛 그 자체가 파랗기 때문에 별이 파란

것은 아니다. 어둠 속에 빛이 있기에 파랗게 보일 따름이다. 그래서 파랑은 처음의, 시작의 색이다. 어둠이 표현하는 모든 뉘앙스와 이미지를 뒤로하고 이제 뭔가가 시작되는 그 순간에 파랑이 일어난다. 시작의 순간에는 항상 설렘과 두려움, 우울이 따른다. 그래서 우리는 블루(Blue)를 멜랑콜리아의 색으로 치부하기도 하는 것이다.

주인공 쥰세이의 가슴에는 헤어진 옛사랑 아오이(靑)의 그림자가 짙게 깔려 있다. 서른 살 되는 해, 피렌체의 두오모에서 만나자고 약속한 옛 사랑 아오이. 그 아오이와 장난처럼 나누었던 약속을 지키기 위해 쥰세이는 할아버지의 장례식도 포기하고, 밝고 명랑한 애인 메미의 사랑도 버리고, 두오모로 달려간다. 그리고 아오이를 만나 세월 속에 묻어두었던 사랑을 확인하지만, 그러나 두려움과 우울과 회한에 사로잡힌다. 오랜 기다림이었지만 사흘간의 재회를 거쳐 두 사람은 헤어진다. 아오이를 밀라노행 열차에 태워 보낸 후, 쥰세이는 역 구내에서 결단을 내리고, 밀라노행 급행을 타고 그 뒤를 따른다. 새로운 시작을 위하여. 이런 연애 이야기다.

연애란 늘 이런 파랑을 찾아가는 여정이다. 연애는 새로운 차원으로 도약하려는 인간의 몸부림이다. 연애는 설렘과 회한과 애달픔과 우울과 절망과 고통을 준다. 그것은 과거의 나를 죽여야 하기 때문이다. 죽고 다시 태어나는 것이 남녀의 사랑이다. 연애하다가 죽는 사람은 제대로 길을 간 것이다. 그럴 각오로 하는 게 연애니까. 안 죽고 다시 태어나면 다행, 죽으면 당연, 그렇게 연애를 하지 않으면 그런 사랑 정말 별 볼 일 없다. 우리의 마음속에는 늘 청(靑

—아오이)이 살아 숨 쉬고 있다. 그것은 바탕색이다. 쥰세이는 서른 살에 그 청을 찾았다. 새로운 세기의 시작에 알맞은 행복한 연애 이야기다.

양억관